KB018338

글누림비서구문학전집

호세 마르티 시선집

13
글누림비서구문학전집

호세 마르티 시선집

·

호세 마르티

김수우 옮김

시의 신실한 검을 만나다

문학 자체가 얼마나 뜨거운 호명인가. 하지만 그 목소리는 종종 머나먼 진동처럼 아득해지곤 했다. 자본의 침전물 속에 부유하던 내게 어느 날 호명은 새롭고 강렬하게 다가왔다. 쿠바에서였다. 아바나의 골목을 배회하면서, 야간버스에서 바라본 총총한 별빛에서, 사탕수수밭을 지나면서 점점 커지던 그 파문을 잊지 못한다. '억압받고 있는 국가에서 시인이 될 수 있는 유일한 방법은 혁명전사가 되는 것뿐이다.'라는 호세 마르티의 발언은 시를 살고자 했던 나에게 화살과도 같았다. 그 울림과 떨림, 그것은 진한 통증으로 다가왔다. 영혼의 몸살을 앓듯 괜스레 풀썩풀썩 눈물겨웠다. 극도의 이상주의자이기도 한 마르티의 투쟁은 진정한 문학이란 무엇인지, 문학의 실천은 어떤 것인지 극명하게 보여주었다.

길모퉁이에서 자주 마주치는 그의 두상들은 늘 눈은 약간 내리깐 채 고독한 표정이었다. 정신을 향해 올라가고 올라가는 이데아, 그리고 민중을 향해 내려가고 내려가는 연민. 이 두 가지가 음악처럼 반복되고 있는 마르티의 언어 속에서 나는 숭고한 별빛을 보았다. 빛바랜 흑백사진으로 만날 수밖에 없는 그의 눈빛 속에 내가 오래 고민해온 문학 과제가 있음을 발견했다. 놀라운 사건이었다. 그 경이는 시간이 지날수록 내 가슴에 깊은 밀림으로, 또 푸른 심해로 출렁였다. 작가가 자유를 꿈꾸는 자라면, 또한 세상을 예견하는 자라면 시인은 소명의 순간순간을 살 수밖에 없다. 그리고 시가 정의를 사랑하는 하나의 방식이라면, 실천이 사랑의 존재방식이라면 시인의 삶은 모든 시대에 투쟁이 될 수밖에 없다. 소명은 모든 존재를 깨워 '함께'라는 지붕을 엮는 일이기에.

호세 마르티는 쿠바의 위대한 시인이며, 라틴아메리카의 대표적 지성이다. 모든 쿠바인이 국부로 추앙하고, 사도로 일컫는 마르티는 문학적 실천을 통해 '궁극의 평등'이라는 자신의 이상을 숭고함의 극치로 이루어냈다. 그의 '평등'은 바로 쿠바 혁명의 진수이며, 피델을 비롯한 온 국민이 지닌 자긍심의 근원이다.* 동시에 그는 라틴아메리카 모데르니스모 문학의 선구자이다. 그의 비판적 사유는 언어를 새롭게 재창조할 뿐만 아니라, 현대성의 모든 주제를 다루고 있다. 19세기 탈식민과 신제국주의 양상에 대한 날카로운 통찰을 보여주면서, 모데르니스모 시학과 함께, 문학의 책임을 극도로 긴장시킨 것이다.

* 후세들은 그를 '사도'로 명명했다. 그가 남긴 모든 작품과 기록은 2005년 유네스코 세계기록유산으로 등재되었다.

『어린 이스마엘』(1882), 『소박한 시』(1891), 유고시집 『자유로운 시』(1913), 그는 세 권의 시집을 우리에게 남겼다. 이 시집들은 그의 투쟁과 고독이 만들어낸 '죽음의식의 생명' 곧 '하루하루 죽음으로 살아가는'* 치열한 일상과 고결한 이상을 고스란히 담보하고 있다. 그의 작품과 사상의 핵심 키워드는 두 개로 정리된다. '창조'와 '사랑'이다. 언어를 통한, 행동을 통한 창조적 반란, 그 바탕은 사랑이었다. 이 사랑이 인간성을 찾아가는 발이었고, 우주적 영성을 깨우는 손이었고, 생명의 미세한 음성을 듣게 하는 귀였다.

1853년 아바나 뒷골목에서 가난한 이민자 아들로 태어난 마르티는 42세로 전장에서 전사할 때까지 일생을 조국 독립에 헌신했다. 17세에 정치범 감옥에 수용되어 강제노동형을 겪고, 스페인으로 유형당한 이후, 세계를 떠돌며 추방자로 살아야 했다. 자연과 자유를 한 켤레 신발처럼 신고 있는 그의 시학은 모든 고통과 고독을 문학으로 정화시키고 또 승화시켰다. 시는 그에게 신실한 검이었다. 그 검은 간결한 또 간절한 문학적 소명을 향해 빛났다.

인류 역사에 뛰어난 영웅도 많고, 위대한 혁명가도 많고 탁월한 작가도 많다. 하지만, 시의 혁명성을 행동으로 자신의 마지막 순간까지 끌고 간 작가는 드물지 않을까. 특히 근원적인 우주의 시선으로 생명의 모든 미세한 관계에 자신의 혁명을 관철시킨 시인은 손꼽을 정도

---

* He vivido, He muerto

일 것이다. 제국주의와 자본주의, 그리고 신제국주의에 끝까지 저항한 마르티의 지성과 실천은 오늘날, 극단적 물질문명에 부딪힌, 동시에 포스트휴머니즘 시대에 도달한 인류에게 분명 고결한 가치를 고뇌하게 하리라 믿는다. 호세 마르티 유고시집 『자유로운 시』 속에서 깊은 심미적 친화력을 발견한, 스페인 시인 미겔 데 우나무노의 단락을 소개하는 것이 이 시집을 번역하는 이유가 되지 않을까 싶다.

> 나의 정신이 그 정글의 리듬, 야생 밀림의 강인한 흔들림으로 진동했을 때, 그것들을 읽자마자 글을 써야겠다고 생각했다. …… 어둠, 혼란, 저 자유로운 시들의 무질서 그 자체는 우리를 매혹시켰다. 흐트러지고 봉두난발한, 화장이 없는 그 시는 우리에게 밀림의 자유로운 바람을 가져왔다. 그 바람은 여인과 같은 향수, 거실, 노래할 수 있는 시들, 흔들거리는 그물침대 등 감미로운 음향에 잠겨있는, 모든 안개를 휩쓸었다.*

통증처럼 다가온 나의 경이는 우나무노의 문장과 그대로 일치한다. 나 또한 그 기이하고 매혹적인 시편들과 함께 마르티의 충직한 사유와 윤리를 사랑할 수밖에 없었다. "호세 마르티는 우리와 동행한 하나의 신비이다." 호세 레사마 리마**가 언급한 이 한 문장에 우리 모두

---

* 마누엘 디아스 마르티네스, 「우나무노의 마르티(Marti en Unamuno)」, 2007.10.12.
** 쿠바 시인, Jose Lezama Lima(1910-1976).

의 그리움이 고스란히 담겨 있지 않을까.

이 시집은 아바나에 있는 〈마르티아노 연구센터〉*에서 발행한 『호세 마르티 시집』(2013)을 원본으로 삼았다. 이 책은 역시 같은 연구소에서 『호세 마르티 주석본』**을 근거로 삼아, 핵심 시편들로 구성, 독자들이 마르티를 더 깊이 향유하고, 사색할 수 있도록 따로 편집, 재기획한 것이다. 모두 146편이 수록되어 있으나, 77편을 선정, 번역했다. 마르티가 미처 완성하지 못하고 떠난 유고시집 『자유로운 시』를 1부에 놓았다. 읽기에 다소 까다롭고 난해할지라도 마르티의 사상과 미학, 그 치열함에 접근하려면 '깊이의 방식'이 더 좋을 것 같았다.

미천한 실력으로 한국 독자들에게 호세 마르티를 소개하는 것이 매우 두려운 일로 다가온다. 하지만 이것이 문학에 대한 나의 사랑이며, 또한 시의 소명에 대답하는 한 방식이 되리라 믿는다. 호세 마르티의 이미지와 사유를 통해, 삶 전체를 향한 새로운 사랑이, 시대의 가슴들마다 움트길 기도하는 마음이다.

---

* Centro de Estudios Martianos.

** 『Obras Completas, Edicion Critica de Jose Marti』(OECD), 호세 마르티 전집을 시대별로 연구, 그의 난해한 모든 문장들에 주석을 달고 있으며, 현재 30권까지 발행되어 있고, 계속 연구 중이다. 주석본은 참고자료를 통해 각 원고마다 이해방식, 그리고 호세 마르티가 실제로 쓴 육필원고에서 삭제하고 수정했던 내용을 밝혀 놓은, 널리 알려진 출판물이다. 더 깊은 연구를 위해서는 언급된 주석본을 추천하는 바이다.

구미중심적 세계문학에서 지구적 세계문학으로

괴테가 옛 이란인 페르시아에서 아주 유명하였던 시인 하피스의 시를 독일어 번역을 통해 읽고 영감을 받아서 그 유명한 『서동시집』을 창작한 것은 아주 널리 알려진 일이다. 괴테는 비단 하피스뿐만 아니라 페르시아의 역사 속에 등장하였던 숱한 시인들에 대해서도 공부하고 일일이 설명하는 노고를 그 책에서 아끼지 않을 정도로 동방의 페르시아 문학에 심취하였다. 세계문학이란 어휘를 처음 사용한 괴테는 히브리 문학, 아랍 문학, 페르시아 문학, 인도 문학을 섭렵한 후 마지막으로 중국 문학을 읽고 난 후 비로소 세계문학이란 말을 언급했을 정도로 아시아 문학에 깊이 심취하였다. 괴테는 '동양 르네상스'의 전통 위에 서 있었다. 16세기에 이르러 유럽인들이 고대 그리스 로마의 정신적 유산을 비잔틴과 아랍을 통하여 새로 발견하면서 르네상스라고 불렀던 것을 염두에 두고 동방에서 지적 영감을 얻은 것을 '동양 르네상스'라고 명명했던 것이다. 동방의 오랜 역사 속에 축적된 문학의 가치를 알게 되면서 유럽인들이 좁은 우물에서 벗어나 비로소 인류의 지적 저수지에 합류한 것이다.

그러나 중국에서 생산된 도자기와 비단 등을 수입하던 영국이 정작 수출할 경쟁력 있는 상품이 없다는 것을 깨닫고 인도와 버마 지역에서 재배하던 아편을 수출하며 이를 받아들이라고 중국에 강압적으로 요구하면서 아편전쟁을 벌이던 1840년대에 이르면 사태는 근본적으로 달라졌다. 영국이 산업화에 어느 정도 성공하면서 런던에서 만국 박람회를 열었던 무렵인 1850년대에 이르러서 비로소 유럽이 전 세계를 지배하게 되는 움직임이 시작되었다. 13세기 베네치아 출신의 상인 마르코 폴로와 14세기 모로코 출신의 아랍 학자 이븐 바투타가 각각 자신의 여행기에서 가난한 유럽과 대비하여 지상의 천국이라고 지칭하기도 했던 중국이 유럽 앞에서 무너지는 것을 보면서 예전의 방식은 더 이상 통하지 않게 되었고 새로운 세계상이 만들어져 가기 시작하였다. 유럽인들은 유럽인들이 만들고 싶은 대로 이 세상을 만들려고 하였고, 비유럽인들은 이러한 흐름에 저항한다는 것이 거의 불가능하다는 것을 알아차린 이후에는 유럽의 잣대로 세상을 보는 방식을 배우기 위해 유럽추종에 혼신의 힘을 쏟았다. '동양 르네상스'의 기억은 완전히 사라지고 그 자리에 들어선 것은 '문명의 유럽과 야만의 비유럽'이란 도식이었다. 유럽의 가치와 문학이 표준이 되면서 유럽과의 만남 이전의 풍부한 문학적 유산은 시급히 버려야 할 방해물이 되기도 하였다. 처음에는 유럽인들이 이러한 문학적 유산을 경멸하고 무시하였지만 나중에서 비유럽인 스스로 앞을 다투어 자기를 부정하고 유럽을 닮아가려고 하였다. 의식과 무의식 전반에 걸쳐 침전되기 시작한 이 지독한 유럽중심주의는 한 세기 반을 지배하였다. 타고르처럼 유럽의 문학을 전유하면서도 여기에 함몰되지 않고 자신의 전통과의 독특한 종합을 성취했던 이들이 없었던 것은 아니지만 주된 흐름을 바꾸기에는 역부족이었다.

유럽이 고안한 근대세계가 내부적으로 많은 문제점들을 드러내자 유럽 안팎에서 이에 대한 비판이 이루어졌고 근대를 넘어서려고 하는 노력들이 다방면에 걸쳐 행해졌다. 특히 그동안 유럽의 중압 속에서 허우적거렸던 비유럽의 지식인들이 유럽 근대의 모순을 목격하면서 자신의 과거를 돌아보는 성찰의 시간을 가지면서 사태는 달라지기 시작하였다. 유럽중심주의를 넘어서려는 이러한 노력은 많은 비유럽의 나라들이 유럽의 제국에서 벗어나는 2차 대전 이후에 이르러 본격화되었다. 정치적 독립에 그치지 않고 정신적 독립을 이루려는 노력이 문학을 중심으로 광범위하게 이루어졌던 것이다. 구미중심주의에 입각하여 구성된 세계문학의 틀을 해체하고 진정한 의미의 지구적 세계문학으로 나아가기 위해서는 두 가지의 인식 전환이 필요하였다. 하나는 기존의 세계문학의 정전이 갖는 구미중심주의를 분석하고 비판하는 것이다. 현재 다양한 세계문학의 선집이나 전집 그리고 문학사들은 19세기 후반 이후 정착된 유럽중심주의의 산물로서 지독한 편견에 젖어 있다. 특히 이 정전들이 구축될 무렵은 유럽이 제국주의 침략을 할 시절이기 때문에 이것은 더욱 심하였다. 아무리 뛰어난 재능을 가진 유럽의 작가라 하더라도 제국주의에서 자유로운 작가는 거의 없기에 그동안 별다른 의심 없이 받아들여졌던 유럽의 세계문학의 정전들을 가차 없이 비판하고 해체하는 작업은 유럽중심주의를 넘어서기 위해서 반드시 거쳐야 할 과정이었다. 하지만 이는 필요조건이지 충분조건은 아니었다. 서구문학의 정전에 대한 비판에 머무르지 않고 비서구 문학의 상호 이해와 소통이 절실하다. 비서구 문학의 상호 소통을 위해서는 비서구 작가들이 서로의 작품을 읽어 주고 이 속에서 새로운 담론들을 만들어 내는 것이 필요하다. 기존 정전의 틀을 확대하는 것은 임시방편일 뿐이고 근본적인 전환일 수 없기에 이러한 작업은 지구적 세계문학의 구축을 위해서는 반드시 거쳐야 한다. 비서구문학전집은 이러한 인식의 전환을 위한 새로운 출발이다.

글누림비서구문학전집 간행위원회

제1부 자유로운 시

제2부　소박한 시

제3부 **어린 이스마엘**

일러두기

1. 이 원고는 쿠바 아바나 〈마르티아노 연구센터〉에서 2013년 발간한 『호세 마르티 시집』(총 146편, 270쪽)을 원본으로 하였다. 총 146편 중 109편을 번역했으며 그중 77편을 선정했다.(『자유로운 시』 33편, 『소박한 시』 29편, 『어린 이스마엘』 15편)

2. 원본의 구성은 『어린 이스마엘』, 『자유로운 시』, 『소박한 시』 순이나, 호세 마르티의 시학이 잘 드러났다고 판단되는 순서로 다음과 같이 재구성하였다. '자유로운 시', '소박한 시', '어린 이스마엘' 순이다. 유고시집이지만 25년의 시간을 관통하면서 쓰여졌고, 난해하고 까다롭지만 그의 시학과 사상이 잘 응축되어 있는 『자유로운 시』를 1부에 놓았다. 시집 내의 순서도 독자가 접근하기 좋도록 일부 조정했다.

3. 원본에 있던 부호 ':' ';' 등은 한국어 독해에 도움이 되도록 마침표나 쉼표로 조정되었고, 겹부호 ':!' ';!' ',-' 들은 하나씩만 사용했음을 일러둔다.

4. 각주의 세 가지 약어. ▶ OC : 『호세 마르티 전집』, ▶ OCEC : 『호세 마르티 주석본 전집』 ▶ E : 서간집(Epistolario)

제1부

자유로운 시

나의 시편들*

이것들은 나의 시편들이다. 있는 그대로이다. 그 누구에게서도 빌려오지 않았다. 나의 이상이 그에 맞는 적당한 형식을 완전히 내포할 수 없었던 동안에도 난 내 이상들이 비상하도록 내버려 두었다. 오, 다시 돌아오지 못한 황금 같은 친구들이 얼마나 많았는지. 그러나 시작(詩作)은 고결하나니, 나는 그 정직함을 늘 사랑해 왔다. 잘라내어야 할 시행들 역시 알고 있으나, 나는 그러길 원하지 않았다.

사람마다 자신의 개성을 가지고 있는 것과 마찬가지로 모든 영감은 고유한 언어를 가지고 온다. 나는 까다로운 소리의 울림들을 사랑한다. 잘 조각된 시행, 청자색 같은 떨림, 나는 새의 경쾌함, 용암의 혀 같은 정열적이고 압도적인 소리를 사랑한다. 시는 하나의 빛나는 검과 같아야 한다. 그것은 하늘까지 걸어가서 태양에 칼을 꽂

---

* 마르티는 모든 시집에 서문을 썼고, 이 시집도 유고시집이지만 서문을 미리 써놓았다.

고 직선으로 부서진 전사(戰士)의 추억을 관객들에게 맡긴 것이다.

칼날은 내 고유한 본질의, 내 전사들의 것들이었다. 과열된, 기교를 부리는, 뜯어고친, 정신으로부터 나온 것은 하나도 없다. 모두 두 눈에서 나오는 눈물 같은 것, 그리고 들끓는 상처에서 나오는 피와 같은 것이었다.

그것은 이것과 저것을 이어 맞추는 것이 아니라 그 자신을 절개하는 것이었다. 이 시편들은 학문의 잉크에서가 아니라, 내 자신의 피 안에서 쓰였다. 여기 있는 것들은 내가 전에 본 것을 다시 보게 한다(내가, 직접 본 것들이다). —훨씬 더 많은 것을 보았으나, 그것들은 자신의 용모를 모사할 시간도 주지 않고 달아나 버렸다.— 기묘함과 특이함, 신속함, 산적된 것들로부터, 나의 이상으로부터, 내 앞에 솟아난 것을 베낀 것은 나 스스로의 과오였다. 그 복사본의 책임자는 나였다. 통증을 느끼는 시의 매무새를 발견했고, 다른 것이 아닌 바로 그 색조를 사용했다. 한 번도 사용되지 않았던 것임을 이미 알고 있다. 까다로운 소리의 울림과 그 솔직함을 사랑했다. 비록 난폭하게 보일 수 있을지라도.

그들이 말하고자 했던 모든 것들을 이미 알고 있었고, 그것을 완전히 명상했다. 그리고 나는 대답했다.

충성하기를 원했으니, 죄가 된다 할지라도, 그 죄에 대하여 참회하지 않을 것이다.

내놓는 이 원고들은 완성된 구성이 아니니[*]

내가 내어놓는 이 원고들은 완성된 구성이 아니다. 아아, 애처로
워라. 탈주할 수 없도록 재빨리 잡아챈 이미지 메모에, 거리의 비천
한 군중 사이에, 철길을 구르며 부산하게 굉음을 내는 바퀴 사이에,
장사꾼의 책상에 놓인 확고하고 절박한 용건 안에 나는 유배자의
애정을 숨겨 두었다.

무슨 이유로 내가 그 메모들을 발표했는지, 모르겠다. 지금 그것
들을 출판하지 않은 것에 철부지 같은 두려움을 느낀다. 나의 모든
것들을 무시했다. 그리고 괴롭히는, 저항하는, 그늘진, 고통을 호소
하는 이 구절들을 애무하고 또 사랑했다.

할 수도 있었던 다른 언동들, 나는 그것을 전혀 하지 않았고, 혹
여라도 시도조차 하지 않았다. 다만 유일한 나만의 시간인, 잠자는

---

[*] 이 시집은 그가 죽은 뒤 18년 후에 발간된 유고시집이다. 그가 25년이라는 긴 시간에
걸쳐 손질하던 치열함을 보여준다.

시간을 빼내었다. 왜냐하면 감정표출은 행동에서 여성처럼 보였기 때문이며, 또한 해야 할 일을 하는 동안에도, 하찮은 표현은 남성의 힘에 걸맞지 않는 직무로 여겨졌기 때문이다. 매일같이 눈앞에서 형태를 찾고 있는 것처럼 돌아다니다가, 관자놀이를 덮치는 그토록 많은 심상으로 된 나날들, 이로써 책 한 권을 만들 수 있기를. 그러나 황소는 지구에 울려 퍼지는 다윗의 하프로 밭을 갈지 않고, 리라가 아닌 쟁기로 밭을 간다! 눈물에 젖고 침통해진 채, 연기처럼 흩어지면서 심상은 떠나 버린다. 시름과 슬픔에 잠긴 채 나는 남겨진다. 자신의 의무에 실패한 사람처럼, 또는 아름답고 친절한 숙녀를 방문하는 영예를 잘 해내지 못한 것처럼. 고독하게, 아무도 그를 의심하지 않는 곳에서, 눈물도 없이, 나는 운다.

이 시편들은 그러한 고뇌로부터 태어났고, 또 고통과 함께 변명한다.

모든 생에 솟구쳐야 하는 흰 독수리처럼, 위로하는 죽음의 향로가 시집으로부터 솟구칠 수 있기를.

이 시편들이 비정상적인 리듬 안에서 쓰인 것임을 이미 알고 있다. 그렇기 때문에 혹은 진실로 그러고자 했기 때문에 너무 난폭하게 보일 것도 벌써 감지했다. 그러나 어떤 규범을 더 가진다는 것은 예술의 순수한 의지를 깨뜨릴 수 있다. 불모이거나 기이한 전통을 통속적으로 연결하면서 자연적이거나 신성한 형식으로, 영혼은 시편들을 입술에 보낸 것일까? 이상이 육신을 입은 것처럼 말이다.

이 모든 형식 안에서 어떤 시편들은 만들어질 수 있었지만, 또 다른 시편들은 그렇지 않았다. 심경 하나하나마다 새로운 운율이었다.

왜 그런지 몰랐지만 사랑은 선명하고 낭랑한 시편들을 주었다. 또한 이 활짝 핀 시간 안에서 쏟아냄, 즐거운 고뇌, 건강한 생기, 정신의 흘러넘치는 관용, 빛나는 하늘 아래서 깨끗한 해변을 마주보며 평온한 바다를 건너오는 그 늠름한 흰 돛의 기억을 주었다. 시들은 고통을 뛰어넘었다. 분노로 뒤흔들릴 때는 칼집에서 빠져나온 검들 같았다. 혹은 폭풍우의 시간에 거대한 선체의 지친 옆구리를 강타하던 높은 물마루와 흐려진 검은 파도 같기도 했다.

시들은 갑자기 검은 파도처럼 뱃머리를 쳐들었다. 굉음과 함께 부수어지거나 아니면 우리에 갇힌 맹수처럼 집요하게, 배에 대항하는 파도처럼 억제하기 어려웠고 무질서한 비극으로 움직였다. 그리고 검은 옷으로 몸을 감싸고, 쓸쓸한 공간으로 재빨리 올라가는, 그 늘진 영혼은 상처를 감추면서 시들로부터 탈출하는 것처럼 보였다. 검은 옷들이 열리고 장미 다발이 그 속에서 떨어진다는 것은 정말 얼마나 기이한가!

내 영혼의 나무

맑은 공기를 가로지르는 새처럼
네 생각이 나에게로 오는 것을 느끼나니
여기 나의 심장을 둥지로 삼았구나.
내 영혼은 꽃으로 피었으니. 아름다운 여인을
처음으로 포옹하는 어린 청년의
신선한 입술처럼 가지들이 흔들리네.
속닥거리는 잎새들,
바쁘게 신방을 준비하면서
부잣집 아가씨가 부러워
종알대는 하녀 같구나.
내 심장은 넓으니, 모두 너의 것이라.
모든 슬픈 것들을, 그 안에 담을 수 있으니,
세상 안 모든 것이 울고 고통당하고 죽는다네!
마른 잎, 먼지, 부러진 가지들로부터
나는 심장을 깨끗하게 하나니. 잎새 하나하나,
줄기들을 조심스럽게 문지르고, 꽃들로부터

벌레들, 먹힌 꽃잎들을
떼어내고. 잔디밭 주변에서 바람을 쏘인다네
저 흠 없는 새들, 너를 받아들이기 위하여!
도취한 심장을 나는 마련했으니.

아까데미까(Academica)

오라, 나의 말이여, 복대를 감아주리라.
생명의 현명한 충동을 따라가는
자연 풍류가 있는 방목장이 아니라,
학습된 트랙의 통로를 사람들은 원하는구나,
또한 길들여진 언어와, 늠름한 등을
안장에 놓는 순종을 바라지.
오라, 나의 말이여, 가슴 속에서 확신한 것은
확신이 아니라고 그들은 말한다네.
　　　　　　영혼의 깊은 곳에서
불로 생성된 영혼의 시학이 태어났으니,
열린 대지의 부드러운 망토인
순수한 샘에서 뿜어져 나온 깃털 분수 같구나
노을 비친 구름에 천 개 물방울로 매달렸으니,
제복 걸친 라틴어 교사들이 그린
감미롭고 텅 빈 작은 틀 속의 규범에 불과한 것들은
들을 필요가 없을 것이라.

존엄한 신전으로부터 문이 열릴 때에

한 자유로운 남자가 나타났으니!

"이 건달아!" 교사들이 소리지르는구나.

오라, 나의 말이여, 깨끗한 발굽으로 오라

새로운 풀과 향기 그득한 꽃을 향해,

복대를 꽉 조여라, 태양이 시학을 타오르게 하는

메마르고 경건한 통나무 위로 돌진하라,

덧칠된 라틴어 교사 재킷으로부터 벗어나자꾸나,

고대의 잎새들로부터, 테두리 장식한 로마의 장미들로부터

광택 잃은 그리스의 보석으로부터 벗어나자꾸나.―

대지가 찢어지며 동이 틀 때

새로운 지구를 향해 늠름함을 발할 것이니.

28

멍에와 별

햇빛 없는 날, 내가 태어났을 때, 어머니 말씀하길
—내 품 안의 꽃이여, 관대한 오마그노여,
나와 천지창조를 한데 담아 반영한 이여,
물고기가 새로 준마로 인간으로 돌아왔구나,
이 두 가지를 바라보라, 고통스럽게 네게 제공하는,
삶의 표징들이니, 보라 그리고 선택하라.
하나는 멍에이니, 그것을 수락하고, 즐거워하는 자는
순순한 황소의 삶을 살게 되니, 주인에게
순종하고, 따뜻한 짚단과, 푸짐한 귀리를 얻는구나.
또 하나는 오, 내게서 태어난 큰 신비이니
산지에서 치솟은 산봉우리 같아라.
밝게 빛나며 우리를 찌르는 이것, 별이구나.
빛으로 물 뿌린 것 같으니 죄인들은
무거운 업보를 진 괴물처럼
빛을 지닌 자로부터 너도나도 도망치니,
삶에서 빛을 지닌 자 누구든, 홀로 남는구나.

하지만 고통을 따라가지 않는 황소 같은 사람은

역시 황소로 되돌아가, 불 꺼진 우둔함으로

우주의 사다리를 다시 시작해야 할 것이라.

두려움 없이 별로 둘러싸인 사람은,

창조된 대로, 성장하리라!

살아있는 자가 이미

세계를 위하여 자신의 술잔을 비울 때

피비린내 나는 인간 축제의

양식을 위해 기쁘고 엄숙하게

자신의 심장을 꺼낼 때, 남과 북으로부터

오는 바람들에게 성스러운 목소리를 불어넣을 때,

별은 망토 같은 빛으로 그를 감싸고,

순수한 바람은, 축제처럼, 불을 켜는구나,

하여 두려움 없이 살았던, 생명 있는 자는

들으리라 그늘에서 한 걸음 위로 오르는 걸음을!

—멍에를 주실래요, 오, 어머니,

두 발로 그 위에 똑바로 올라설 테니까요 저는

이마 위에서 밝게 빛나며 나를 찌르는 별이 훨씬 좋습니다

두 개의 조국

내겐 두 개의 조국이 있으니, 쿠바와 밤이어라
아님 둘은 하나일까?
태양이 그 장엄함을 철수하자마자,
슬픈 미망인처럼 손에 카네이션을 들고
긴 베일을 두른, 조용한 쿠바가 내게로 오는구나.
손에서 떨리고 있는 피로 물든 저 카네이션이
어떤 것인지 나는 알고 있으니! 내 가슴은
텅 비었고, 산산조각 났구나, 심장 있던 자리가
공허하여라. 죽어야 할 시간이 왔구나.
밤은 안녕이라고 인사하기에 좋아라.
빛은 인간적인 언어를 방해하니.
우주는 인간보다 훨씬 낫게 말씀하니.
                투쟁을 부르는
깃발처럼, 밤을 새우는 붉은 불꽃이
바람에 펄럭이네. 이제 비좁은, 내 안의
창문을 여나니. 카네이션 잎새들이

찢어지면서, 하늘을 흐리게 하는 구름처럼, 떠나는구나,
미망인 쿠바도 흘러가는구나.

내 영혼에게

임무의 시간이 가까웠으니

아, 비쩍 마른 말이여! 황금의 산림에서
내려오라, 풀향 좋은 목초지에서 거닐던 것으로부터
가벼운 발굽으로 독사새끼들과 쥐새끼들을
까부르던 것으로부터, 그래도 금빛 태양을 향해
번쩍이는 갈기를 기품 있게 흔들 것이니!
　　아, 비쩍 마른 말이여! 어두운 길에서
어디로 가야 할지를 모르니, 여기는 여인숙이라,
주인에게 지불해야 할 돈이 있구나!
나중엔 골짜기 길이, 다음엔 평탄한 길,
그 다음엔 향기로운 목초지, 그리고 높은 산이 될 것이니
오늘은, 내려오라, 비쩍 마른 말이여, 그대를 기다리는
딱딱한 굴레와 거친 안장을 받아들여라.

흰 독수리

아침마다, 서 있으니
울퉁불퉁한 내 침대 가까이 사형집행인이 있으니.

태양은 빛나고, 세계는 태어나고, 바람은 달아나는구나
　　　　　　　적의를 가진 해골로부터,
행복하지 못한 독수리, 밤마다 내 영혼을
새로 태어나게 하는, 나의 흰 독수리는
우주의 새벽에 날개를 펼치고
태양의 길로 비행을 시작하네.
뛰어오르고, 솟구치니
높은 태양을 향한 명확한 비행 대신에
양식을 찾아 피로 물들고, 부러진, 발들 사이로
독수리는 땅에 스칠 듯 말 듯 날고 있구나

오, 밤이여, 슬픈 것의 햇빛이여,
심장이 그 힘을 소생시키고, 오래 지속시키는 거기서,

태양을 끄고, 여인의 형상을 취하네,
자유롭고 순수하여라, 너의 발에
기름을 부을 수 있다면, 내 미친 듯한 키스로
네 이마를 두르고, 네 두 손을 데우리니.
영원한 밤이여, 사형집행인으로부터, 나를 자유롭게 하라,
아니면 내게 주었던 것을, 그에게 주라, 첫 새벽과
함께, 깨끗하고 속죄하는 칼을.
무엇을 가지고 칼을 만들 것인가? 별빛으로 할 것이니!

쇠

돈 벌어 빵을 구하네. 시가 만들어질까—
손은 주인의 달콤한 상업에 종사했으니,
무성한 잡초 사이에서 길 잃은
도망자처럼, 아니면 마지못해 거대한 무게를 진
사람처럼 숫자를 뒤섞으면서
합계를 뽑으면서 좀 지냈지.
음유시인이여, 충고를 원하는가? 그렇다면
피로 물든 창백한 등에서 신의 하프를
내려놓게나, 성난 바다처럼 네 목구멍으로
우르르 몰려오는 흐느낌을 침묵하게 만들게나,
고급 나무로 된 책상 위에서
펜촉이나 깎게나, 또 바람이
움직이는 쪽으로 부러진 현을 던져버리게나.

오, 영혼이여! 오 선한 영혼이여! 나쁜
임무를 가졌구나! 넘어지고, 침묵하고, 양보하고,

재력가의 손을 핥고, 칭송하고,

결점을 용서하고, 그들에게 붙어있으라―그들을 변명하는

가장 좋은 방식이니, 두려워하며 유순하게

악덕을 기리고 허영심을 추켜세우라.

그러면 볼 것이니, 헐벗은

네 가난한 접시가 부유한 황금접시 안에서

영혼을 어떻게 바꾸는지를!

　　　　　　　　그러나 경계해야 하리니, 오 영혼이여!

오늘날 사람들은 금을 더럽히면서 사용한다네.

건달이나 신사는 금으로 만든

자신의 보석들을 염려하지도 않는구나.

무기는 그렇지 않으니― 무기는 쇠로 되어 있음이라!

나의 불행은 난폭하네. 도시가 그것을 악화시키지.

광대한 시골은 그를 가볍게 하니. 다른 더 큰 광막함은

그를 훨씬 진정시키리라! 그리고 어두운 저녁들이

나를 끌어당기는구나, 나의 조국이

광활한 그림자였던 것처럼.

오, 친구인 시여

고독하게 죽으리니, 사랑으로 나는 죽어버릴 것이니!

천박한 사랑으로서가 아니라네. 이 사랑들은

독을 타고 마음을 미혹시키지. 여인에게

열매는 아름다움이 아니고, 별빛이 아름다움이라.

대지는 빛에 있어야 하며, 살아있는 모든 것은

별의 광채를 자신의 주위에 주어야 하네.

오, 이 사치스러운 여인들아! 오, 이 육체로 된

술잔들아! 오, 이 노예들아, 저들을 보석으로 장식한

주인 앞에, 나태하게 흔들거리는구나!

오, 시여, 너에게 말하니,

이 육체를 씹는 이빨들은 고통스러울지라!

내가 죽음으로써 비롯된 사랑은

말로 다할 수 없는 것이네, 정말 온화한 것이라

인도하는 것이 필요하구나, 조심스러운 두 손으로
다정한 아이를 데리고 가는 것처럼,
내 눈은 모든 아름다움과 슬픔을 보았으니.

잠으로부터지, 행복한 이들의 잠만이
기운을 회복하지, 슬픈 이들에게는
잠 때문에 무거운 기분과 피로가 늘어나니,
주정뱅이처럼, 태양을 향해, 뛰어오르네. 두 손으로
이마를 감싸고, 흐린 두 눈에서는
눈물의 급류가 펑펑 쏟아지는구나. 나는 본다네
정말 아름다운 태양, 사막 같은 나의 침실,
쓸모없는 나의 도덕, 그리고 일자리를 찾으면서
내게서 뛰쳐나온, 털이 뻣뻣한 맹수들의
굶주린 오합지졸 같은 폭력을—
또한 헐렁한 공기를 짚으면서, 차갑고
헐벗은 벽에, 흔들리는 몸을

기대니, 벌벌 떠는 해골 안에서,
생각은 단말마로 부유하네,
격노한 바다가 뜨거운 해변으로 내던진
산산조각난 선박의 나무토막 같구나!

아버지 같은 목초지의 꽃들만이
향기를 지녔으니! 오직 조국의 세이바⁺들이
태양으로부터 보호하네! 목표 없는 구름처럼
타향으로 떠도니. 응시하는 건
우리에게 모욕처럼 여겨지고, 그리고 태양 자신은
유쾌한 뜨거움일 뿐이네, 격노로 타오를지라!
메아리는 다른 땅에서 온 바람 속에
사랑하는 목소리를 심지 않으니.
사랑했던 창백한 정신들은, 높이 우거진

* 세이바(Ceiba)나무. 쿠바 및 라틴에서 우주목의 상징이다.

가지들 사이로 날아오르지 않는구나!
살아있는 살덩이와 더럽혀진 열매로
사람들은 살아가지— 아! 그러나 추방된 자는
자신 자신의 깊은 데서 영양을 취하니!
압제자여. 추방하라 너희들의 증오로
영예에 이른 사람들을— 이미 죽은 자들이구나!
더 가치가 있을 것이라, 오, 야만인들이여!
가정을 그들로부터 강탈하던 그 순간에,
그의 정직한 가슴 가장 깊은 데로 침몰했으니
너희 하급관리는 더 잔인했고, 그 비수는 더 혹독했으니!
죽는 것은 유쾌하지. 끔찍하여라, 죽은 채로 살아가는 것.
그렇지 않아! 그렇지 않아! 운명의 연민에서부터
그것을 길들일 줄 모르는 슬픈 사람까지
행복은 하나의 담보물이니. 대자연은 그의
가장 사랑하는 아들에게 불행을 선물하는구나.
쇠는 평원을 비옥하게 하니, 쇠를 두들겨라!

언제나 진지한 책에 정신을 담그나니

언제나 진지한 책에 정신을 담그니
새벽빛 한 다발로 그것을 퍼내나니.
나는 우주의 실타래와, 이음매,
꽃을 감지하고. 불멸의 시를
낳기 위하여 재빨리 발음한다네.
제단에 있는 신들로부터도 낡은 책으로부터도 아닌,
조제된 유행약품으로 덧칠된
그리스의 꽃들로부터도 아닌, 흔적의
흔적들로가 아닌, 죽어버린 시대들로
뒤섞인 거무죽죽한 전리품들로가 아니네.
시는 우주로부터 탐험된
내면에서, 반짝반짝 빛나며
생명의 은혜와 광채로 솟아오를 것이니.
승리하기 위하여, 먼저 싸워야 할 것이네.
그리고 빛으로 침수할 것이라, 새벽빛같이.

시학

진실은 왕의 홀을 원하느니,
내 시도 다정한 시종처럼, 화려한 불빛과 향기 넘치는
호화로운 응접실로, 갈 수 있다네,
고명한 공주의 환대 속에, 또는
여인들에게 상쾌한 빙수를 나누어주면서
매력적으로 흔들릴 수 있지.
내 시는, 보랏빛 조끼와 예장용 단검을 알고
금빛 장식이나, 칼집 무늬 리본도
적당한 온도의 포도주와 사랑도 알고 있다네
그러나 야생성인 내 시는
진실한 사랑의 침묵을 택하지,
다산성 밀림의 무성함을 선택하지.
어떤 이는 카나리아를, 어떤 이는 독수리를 좋아하니!

허공에게

허공에게 나를 맡기고 싶네
모두 빛의 망토를 입고 평화롭게 살고 있는 곳,
흰 구름 위로 산책하는
도취된 즐거움으로 충만한 그곳,
단테와 별들이 살고 있는 곳이구나.
나는 알지, 알고 있지, 확실한 순수의 시간 안에서
한 송이 꽃이 어떻게 제 봉오리를 터뜨리는지
보았기 때문이라, 영혼이 봉오리를 터뜨리는 방식과
다르지 않네, 결코 아니네.
들어라, 너희에게 말하니, 기대하지 않았던 여명처럼,
갑자기 올 것이라, 다정한 라일락이
첫 봄빛을 꽃으로 펼치는 것처럼…
내게서 나온 슬픔, 그것을 헤아려주기를,
시를 기다리면서, 웅대한
이미지들이 내 눈 앞에 직선으로
앉아 있는 기쁨에 찬 독수리처럼 보였네

허나 인간의 목소리들이 금으로 된
고상한 새들을 내 곁으로부터 내던지는구나.
이미 떠났으니, 이미 떠났으니, 보라
내 상처의 피가 어떻게 나뒹구는지를.
이 시대 안에 있는 세계의 상징을
내게 요청하려면, 부러진 날개, 그것을 보라.
금을 오래 세공하느라, 영혼을 거의 잃었으니!
보라 어떻게 고통받는지, 동굴 안에 감금된
암사슴처럼 내 영혼은 살고 있으니,
오, 행복하지 않으니,

        울면서, 갚아줄 것이라!

가을의 노래

좋아. 이미 알지! —죽음이 내 문지방마다
앉아 있는 것. 죽음은 조심스럽게 왔으니,
아버지와 아들이 멀리 떨어져 살고 있을 때,
나의 옹호 안에서, 그들의 비탄과 그의 사랑이
서두르지 않는 까닭이라네 —내 겨울 집을 감싸야 하는
가혹한 일로부터, 조용하고 슬프게
얼굴 찌푸리며 되돌아올 때—
노란 잎새들 위에 두 발로 서 있는,
손에는 치명적인 꿈의 꽃들,
손을 댈 수 없는 날개로 된 검은 모자,
갈망하는 얼굴, —매일 저녁 내 문 앞에서
나를 기다리며 너울거리는 죽음을 보네.
내 아들에 대해 생각하고,— 광포한 사랑의 가슴을
집어삼킨 저 검은 여인으로부터
기운 없이 달아나나니, 죽음보다
더 아름다운 여인은 없구나! 그녀 키스 한 번에

갖가지 월계수로 무성한 숲과

사랑의 협죽도 꽃들, 그리고 유년시절에서

회상해낸 즐거움까지 내어주었으니!

…나의 죄 많은 사랑이 살아가도록 강요한

그 아들을 떠올리고, ─흐느끼면서

내 사랑의 포옹으로부터 도피하네─ 그러나 이미

확실한 행복의 영원한 서광으로 나는 즐거우니.

오, 삶이여, 안녕! ─죽을 사람은, 이미 해골로 살아간다네.

오, 그늘 속의 도전이여. 오, 우주공간에

숨은 거주자들이여. 오, 벌벌 떠는 생명을

움직이고, 지시하고, 쓰러뜨리고, 전락시키는

두려운 거인들이여!

오, 선행에만 너그러운,

재판관의 회의, 은밀한 구름 안에서,

금으로 주름 잡힌 두꺼운 망토를 입었구나,

그리고 바위처럼 단호하게,
인간이 전투에서 얻은 것을 가지고 돌아오는 때를
준엄하게 기다리니
―과일나무가 자신의 과실들에 신중한 것처럼―
평화에 대한 수고로 인간을 계산하지,
그들의 숭고한 날개로! … 그들이 씨를 뿌린
새로운 나무들로, 그들이 닦아준
슬픈 눈물로, 호랑이와 독사들에게 만들어준
묘혈로, 인간의 사랑을 일으켜 세운
탁월한 용기로서이니!
이것이 여왕이며, 군주이며, 조국이며
탐났던 상이라, 그의 준엄한 주인을 매혹시키는
용감한 무어 여인은
황량한 망루에서, 울면서 기다리는구나!
현대 인류로부터 온

이 성(聖) 살렘*, 세풀크로**는—

더 이상 자신의 피를 따르지 않는구나! 사랑을 증오하는

사람들과 더 이상 싸우지 않는구나! 준비된 사랑의

병사들은 모든 사람에게, 기름 부을지니!

온전한 대지는 하늘을 지키고 있는

이 왕과 주인의 정복을 위하여 나아간다네!

…비천한 사람들이여. 그 의무를 저버린 자는

게으른 자신의 무기로 가슴을 관통당하는

스스로의 타격으로 배반자처럼 죽는구나!

보라, 이 어두운 부분에서 삶의 드라마가

끝나지 않은 것을! 보라, 나중에 대리석 묘판 뒤에서

아니면 잔디나 연기의 부드러운 커튼 뒤에서

무서운 드라마가 다시 시작하는 것을! 오, 비천한 사람들아 보라,

* Salem. 팔레스타인, 예루살렘의 옛 지명
** Sepulcro. 예수의 성묘

선량한 이들, 슬픈 이들, 조롱당하던 이들이
다른 장소에서는 조롱하는 사람이 될 것이라!

다른 이들은 백합과 피에서 영양을 섭취하네.
나는 아니야! 결코 그렇지 않아! 어린 시절부터
슬픈 사람들과 함께 예리한 두 눈으로
음산한 공간을 산산조각으로 만들었지.
우연한 꿈의 행복한 시간 속에서 붙든
재판관들의 신비가, 나쁜 고통으로부터 다시
살아가도록 나를 구해냈기 때문에
삶을 사랑했으니. 유쾌하게
불운의 무게는 어깨 위로 던져버렸다네.
일하지도 않고 즐겁게 사는 사람은
고통을 회피하고, 또한 남의 덕택으로
사는 사람은 도덕의 괴로움을 비켜가기 때문에—
차갑고 엄한 재판관이 내린 선고에 따라,

당황하며 가야 할 것이니 고상한 무기를 두고
녹슨 것을 든 겁쟁이 군인 같구나. 재판관들은
제단에서 그를 보호하지도 않고,
칭찬하지도 않고, 단지 높은 데서 그를
두 팔로 내던지나니 불같이 질식할 듯한 모래 속에서
다시 미워하고, 사랑하고, 새로 싸워야 하는구나!
오! 삶으로 들여다보는 필멸의 죽음이여
다시 살고 싶은가? …
　　　　　　그러면, 죽음이여
초조할 수 있으니, 마른 잎새들 속에 서서,
가을의 희미한 저녁마다 내 문지방에서
나를 기다려라, 조용히
얼음눈송이로 나의 장례식 망토를
짜면서 떠나리니,
　　　　　　나는 사랑의 무기들을
망각하지 않으니. 다른 자줏빛으로 만든 게 아닌

내 피로 된 것을 입고, 두 팔을 벌리네,
준비되었으니, 어머니 죽음이여. 나를 재판관에게 데려가라!

아들이여! ⋯ 난 무슨 이미지를 보는가? 어떤 눈물 젖은
비전이 그늘을 깨뜨리고, 온화하게
별빛을 가진 것처럼 그것을 비추는가?
아들이여! ⋯ 네 열린 두 팔은
내게 무엇을 요청하는가? 무엇으로 슬픔에 겨운
너의 가슴을 내보이겠느냐? 아직 상처 없는 맨발을
왜 나에게 보여주며, 신음하고 있는 크디큰 슬픔의
흰 손을 내게로 되돌리는가?
멈추라! 조용하라! 휴식하라! 살아있으라! 험한 투쟁을 위해
아들에게 필요한 모든 무기가 풍부할 때까지
아버지는 죽을 수 없구나!―
오라, 오, 나의 새끼여, 어두운 죽음의
포옹으로부터 그리고 그의 장례식 망토로부터
네 흰 날개로 나를 자유롭게 하라!

내 슬픈 학습으로부터

슬픈 학습으로부터, 메스껍고 무모한
내 그늘로부터, 나는 소생하니
유쾌한 가슴은 아름다운 여인과 시를 향한
미친 사랑으로 가득하구나.
둘은 언제나 함께라! 두 개의 검은 눈동자는,
무지 속에 있는 횃불처럼
내 놀란 정신에게 삶을 반복하게 하는구나
몸으로 아무 것도 하지 않거나, 간신히 하는, 나를.
흘낏 엿보는, 두 검은 눈동자는,
좁은 문 앞에서, 이미 밤을 향해 지나가는 중!

자정

오, 부끄러워라! 태양이 대지를 비추었으니.
거무스름한 바다는 제 깊은 데 있는
새로운 기둥으로 자신의 붉은 배들을
일으키네. 산은 거대한 하루를 운행하면서
벽옥들과 험한 황무지로부터
신선한 씨앗들을 모으니. 새로운 새끼들은
새들과 가축들 뱃속에서
형상을 입고, 삶을, 끌어당기는구나.
나무 열매들은 가지에서 익어가네.
흙더미의 노예인, 나는, 홀로 놓였으니,
세계가 거대하게 성장하는 동안에도
집안 냄비 안에 있는 내 날품팔이여!

신에게, 나는 비천한 사람이니! 잠이
거부된 내 창백한 두 눈이 공연한 게 아니네!
묻은 데를 알지 못하는

무덤을 찾는 사람처럼 쓴 포도주에 만취해,
거리로 나가 비틀거리는 것도 공연한 게 아니네, 아무도
그 큰 죄와 그 굴욕을 알지 못하니!
사악한 자의 평화롭지 못한 가슴처럼
심장이 불안으로 떠는 것도 공연한 게 아니네!

하늘은, 하늘은, 황금으로 된 그의 두 눈으로
나를 바라보네, 나의 비겁함을 보네, 그리고
제 안에 있는 감시자로부터
달아나는 슬프고 미친 사람처럼
도망가서 숨는 내 몸뚱이를 그늘로 내던지네!
대지는 고독이니! 빛은 얼어붙었으니!
이 화산을 끄려면 어디로 갈 것인가?
감시자를 재우려면 어디로 갈 것인가?

오, 사랑의 갈증이여! 오, 심장은, 우주에

거주하는 모든 생명에게 저당 잡혔다네,
나뭇잎에서 변한 작은 초록벌레,
바다의 파도들로부터 굳어진 벽옥의 결,
언제나 눈물 핑 도는, 두 눈동자를
사로잡는 나무들, 맨발로 눈을 밟거나,
외치고 다니며 신문이나 꽃을 파는
아름다운 개구쟁이로부터이네.
오, 육체의 옷 안에 있는, 심장이,
바라보는 건 금을 만드는 쇠도 아닌,
걸신들리거나 관능적인 두툼한 아랫입술도 아닌,
전쟁터의 등받이갑옷이며,
우주적 삶이 발효하고 있는 화덕이라!

그리고 나, 나의 가난이여! 내 새장에 갇혀
인간의 거대한 전쟁을 보고 있으니!

오마그노(Homagno)[*]

불운한 오마그노는
새까맣고 뻣뻣한 머리카락을
창백한 두 손으로 쥐어뜯는구나.

"말하길, 나는 가면이니, 나는 거짓이니,
이 살덩이와 형식들, 얼굴과 턱수염들,
그리고 네발짐승의 기억들은
말 등에 놓인 안장처럼
억압된 영혼 위에 끼워지고 꽉 조였네,
내 영혼인 빛줄기로
그늘에서 흘깃 엿보나니, 모두 오마그노가 아니구나!

내 눈만이, 소중한 두 눈만이,
내 변장을 내게 밝히리니, 결국 내 것들이구나!

---

* Homagno(Homagno define alta magnitud de lo humano), 최초의 순수하고 숭
고한(높고 위대한) 인간을 일컫는 마르티의 애수적이면서 상징적인 존재.

태워라, 나를 태워라, 절대 잠들지 말고, 기도하라,
내 얼굴에서, 그리고 하늘에서, 두 눈동자를 느끼니
내게서 그를 헤아리고, 또 그로부터 나를 헤아리네.
잘못 간수한 새 모이
그 미천한 씨앗을, 지게 하려는, 이유, 그 이유로
하나님은 내 거대한 어깨를 깎았는가?
걷고, 질문하나니, 폐허와 근원을
뒤엎고 흔드나니, 천지창조 안 무아지경에
조금씩 빨려드는구나, 천 개 가슴을 가진 어머니는
내가 호흡해온 생기의 모든 원천이라.
갉아먹고, 성가시게 굴고,
내가 돌공이로 두들긴 못자국에 입을 맞추네.
보이지 않는 그녀 머리를 다정다감한 광기와 함께
내 메마른 두 손으로 어루만지고
땋은 머리카락을 푸네. 대지를 향해
아픈 가슴으로 엎드리고, 또 어지러운

두 발을, 나의 눈물과 키스로 적시니,

한밤중에, 고동치는 맥박,

두개골에 박힌 내 탐욕스러운 두 눈과

그리고 활활 타오르는 넓은 그 궤도 안에서,

흔들리는, 나의 구김살 안에, 허기진 기다림,

만일 다음 태양이 다시 떠오른다 해도

새로운 빛자락마다, —여전히 앙상한 방식으로

미천한, 삶이 나에게 나타난다네,

집요한 젖짜기에, 지친 젖꼭지 안에서

움찔거리는 우유 방울 같구나—

개미가 지고 가는 짐 같고, —검은머리방울새 둥지에서

오래 묵은 물잔 같으니—

갉히고 부러진, 포도나무 가지에서

어둡고 짓눌러진,

슬픈 오마그노의 불타는 손들이 나타나네!

고요한 대지와, 내 가슴 속 한 장대한
목소리가 나에게 대답하는구나.

작업하기 전에

작업하기 전에, 경기장에서
아름다운 여자에게 인사하는 성전 병사처럼
오늘의 창(創)인, 지고한 펜은,
불타는 손에 쥔 격노한 준마의 고삐를
열정으로, 팔에 끼웠구나, 창백한 조련사는
무릎 굽혀, 시에게 절하나니.

그 후에, 투우사처럼, 화가 난 황소가
내 뱃속에 뿔을 깊이 묻을 수 있도록 경기장에
출전하니. 활력 있는 전투만으로
만족하네, 내가 차갑게 숨을 거두는 동안에,
유쾌한 사람들은 흰 빵과 붉은 포도주로
간식을 먹을 것이니, 새로운 남편들은
구경감들로 흥분할 것이라.

그동안 바다에는 새로운 모래 알갱이들이

해변에 남겨진다네. 둥지의 따뜻한
알들 안에서 새로운 날개들이 안달하며
내밀 것이니. 호랑이의 어린 새끼들도
이빨이 돋으리라. 과수원 수태한
나무들 안에, 가지들은 연한 초록으로
새 잎새를 심을 것이니.

내 시는 자랄 것이라. 풀들 아래서
나 역시 상승하리니. 장엄한 세계를 불평하는
사람들은 겁쟁이와 장님이구나!

하늘의 꽃

롱사르*의 시, 이 두 구절을 읽었으니,
"이제 막 내 손에 주워 모은
흐드러진 한 다발의 꽃을 너에게 보내었으니"**
그리고 이것을 썼다.

꽃들? 꽃들을 원하지 않아! 난
하늘의 꽃을 꺾고 싶네!
무너진 계곡은 부서져 구르고,
찢긴 산의 산처럼,
나를 묶고 있는 이 인연의 구렁이는
으드득거리네, ―그 검은 머리와 붉은 입으로
내 정신이 거주하는 동굴을 엿보며,
내 영혼 안에서 포식하는― 뱀들과 마찬가지로
자신의 언어들로, 내게 리본을 감고 족쇄를 끼운
이 피곤한 복장을
벗어던져라, 하나의 마력처럼, 근원에서부터
뒤얽힌 이 직물을 ―내 두 팔에서

---

* 16세기 문예부흥기의 프랑스 대표시인. 중세 서정시와 근대의 상징시를 잇는 계승자
였고, 시형식의 개혁을 실천하였다.

** 프랑스어 시구이다. "Je vous envoye un bouquet que ma main vient de trier de
ces fleurs epanouies,"

날개가 솟아나니— 내 눈에는,
떠도는 사람들 위로 빛의 강물들이
가득 차오르는 세계로부터, 거대한
대기를 향해 올라가려는 것처럼 보이는구나!
작은 꽃들을 베고 있는 소심한 음유시인들이여
습기 찬 정원을 위해 내버려두길—
사랑으로 창백한 나는, 그늘 속에 서서
별빛으로 된, 거대한 옷으로
몸을 감싸고, 내 정원에서, 하늘을,
한 다발 별들의 장엄함을 만들 것이네.
내 손으로 빛을 붙잡는 것을 두려워말라!
구름이 잠든 곳을 찾을 것이니,
또한 연인이여, 당신 가슴에 가장 생생한
별을 꽂아 주리니, 그리고 다른 별들은 당신의 공기 같은
금빛 머리카락으로 흩뜨릴 것이라.

피곤한 신들에게

피곤한 신들에게

개미의 고통을 가진 너무 보잘 것 없는 시인이

헤아릴 수 없는 우주를 말하는구나.—

바다가 왜 중요하지? 대지를 받치고 있는

설화석고 기둥이 왜 중요하지?

하늘까지 인간을 올리는 꼭대기들이 왜 중요하지?

태양이 황금색으로 물든 푸른 창공이 왜 중요하지? 인간은

사상 안에서 소멸되고, 세상도 끝나고,

나란히 정화되는, 순수한 지구가 왜 중요하지?

늠름한 대장이 프란시스킨'보다 안토니아를 더 좋아한다고

프란시스코는 울었는데

가슴 아플 수 있는 별들의 성대한 잔치가 왜 중요하지?

안토니아가 속이는 것? 안토니아는 늘 속이지!

일하라! 빛을 발하라! 돌 깎는 망치와

* 프란시스코의 애칭.

66

절구통, 별과 불꽃, 그리고 불로 된
오벨리스크, 그리고 태양을 향한 안내서, 바로 시이구나!
이미 사랑의 꿀물은 목에 닿았으니.
팔짱 낀 여인과 함께, 인간을 사랑하라.
사랑을 주문하는 사람은 존경으로 숨쉬어야 하리라.
그리고 얼굴 찌푸린, 바다처럼 거대한,
야만적인 고통이 있다면, 너를 침략하고, 삼킨다면,
죽으라, 묵묵히 죽으라, 산처럼,
바다에 삼켜, 산은 죽었으니.

순수한 별

이 시편들은 순수한 별의 뜨거움으로
대지를 관통한 죽은 자들의 작업이지.
그들은 미지근한 뼈들 위로
무덤의 먼지를 황금의 망토처럼 느꼈지,
빛나는 태양에, 즐겁게 소생하고,
하루를 살고, 그리고 죽음으로 되돌아갔지.

내 무덤을 불러낸 인정 많은 영혼이여
또한 일월의 하얀 별빛처럼,
폐허가 된 가슴 궁전으로
들어오는구나, 빛을 발하는구나, 게걸스레 살았던
가슴 속 사람들 차가운 잔해들을
바꾸어내는구나, 오, 마술사여! 천진한 비둘기들 안에 있는—
정신, 순수함, 빛, 부드러움,
인간이 놀라게 하는 소리인 발이 없는 새,
검은 머리칼을 가진 여인이여,

금빛 태양이 캄캄한 바다 속에서 만든

이슬방울의 달디단 새벽처럼

죽은 시는 너의 눈앞에 솟구치는구나.

시는, 바람에 의해 솟아올라, 존재하는 모든 것을

비행으로 거두어들이고 있는 그의 망토처럼

로마의 붉은 자줏빛으로 된 장엄함과 함께

거대한 주름 안에서 대지를 향해,

너에게 도착하고, 무릎을 꿇는구나.

네 두 발에 입 맞추니,—여인이여, 네가 지나는 것을 보았지.

대지는 마침내 빛과 향기를 얻었으니!

단단한 이를 가진 저 시는

미천하고 일상적인 삶으로 다시 나를 물어뜯네

슬픈 내 마른 입술로 된, 꺼끌꺼끌한

자투리들 안에서 승리자는 들썩거리니

지금은 의기양양하고 아름다운 선율로 넘쳐나는구나,

그리고 바다의 파도처럼 조용한 태양을 향해

푸른 공간 아래 거품으로 구르네.
오, 마술사여, 오, 사랑의 마술사여!

영원한 삶을 직면하기 위해
이미 동반자를 가지고 있으니.
빛의 시간을 위하여, 꽃의 시간으로
휴식의 시간으로, 이미 만날 약속이 있다네.
이는, 포옹하려는 것처럼 시인이
열린 두 팔을 펼쳤음을 말하고 있음이니. 그 씩씩한
연(連)이 감동시키는 살아있는 사랑은
그 연(連)이 지속하는 것으로만 견뎠구나.
타오르는 영혼, 저, 불운한 영혼은
이글거리는 불덩이 안에서 더 가볍게 격정으로 떠오르니.

[⋯]* 그리고 번쩍이는 것을 본 꿈,
붙잡고 싶었던 꿈은, 죽은 독수리처럼
침몰했구나. 그는 불이었으니, 그는
침묵했고, 빛났고, 홀로 그의 무덤으로 돌아갔으니.

* 호세 마르티가 미완으로 괄호쳐 놓은 부분. 적당한 단어를 찾던 중으로 여겨짐. 그의
유고 작품 속에는 이런 부분들이 제법 많은데, 이 번역시집에서 「하늘의 꽃」, 「새로운
연」 두 편뿐이다.

아름다움의 슬픔

홀로, 나는 홀로이네. 시가 친구로 다가오는구나,
짝을 부르느라 깃털 세운 멧비둘기를
좇아가는 부지런한 남편 같으니.
해빙기의 높은 산들로부터
녹은 눈들이 골짜기를 향해, 황무지를 향해
풍부한 물줄기들 흘러내리는 것처럼— 이렇듯
내 억압된 내면을 향해
향기로운 사랑과 아름다움으로 된
하늘빛 열망이 넘쳐흐르네.
피로 물든 인간의 그늘을 순수한 영혼이
향긋하게 만드는 것처럼
침묵의 아내인 별들은,
그렇게 거대한 창공으로부터, 대지 위로
다정한 빛을 따르니!— 그리하여 꽃들에서는
이렇듯 은은한 향기가 일어나는구나.

너희들은 나에게 지극한 것과 완전한 것을 다오.

앙헬로˙의 그림을 다오. 대자연의 새김으로

만족하던 투각 상아로 만든 지붕보다

더 아름다운, 첼리니˙˙의

손에 쥔, 칼을 다오.

무어인의 폭풍우치는 격노와

햄릿의 우주가 불타고 있던

고귀한 두개골을 나에게 다오—

옛 치첸˙˙˙의 성벽들로부터 흐르는

유쾌한 강의 어귀 인디언 계집애는

바나나 나무가 둥글게 펼친 그늘에서 목욕하고

제 머리칼과, 호리호리한 몸을

문지르며 청초하게 말리고 있었으니.

---

* 이탈리아의 화가, Angelo Morbelli.

** 이탈리아의 조각가, 금은 세공사 및 판화가. CELLINI, BENVENUTO (1500-1571).

*** 치첸잇사(Chichén Itza). 멕시코 유카탄에 있는 고대 마야의 유적도시.

너희들은 내 푸른 하늘을 나에게 다오… 대리석의
순수한 영혼을 나에게 다오. 장대한 루브르에게
유명한 밀로가 거품과 꽃을 준 것처럼.

Pollice verso[*]

(감옥을 기억하다)

그래! 나 또한, 모자와 머리카락까지
발가벗겨졌지, 발목에 찬
무거운 쇠사슬은
회갈색 수렁 속 악취 나는 나무통에 나자빠지는,
끈적끈적한 두 눈과 무거운 내장을 가진 그런
구더기처럼 보이는, 그들 검은 악습 위
뒤엉킨 구렁이 더미 사이로
내 자신을 질질 끌고 갔네!
나는 지났으니, 그 비천함 가운데를 고요하게,
제 넓은 날개를 순결하게 펼친

* 라틴어. 로마 원형경기장에서 죽음을 선고하기 위해 엄지손가락을 내리는 것. 엄지
손가락을 아래로 향하게 하여 불찬성(불만)의 뜻을 나타내어, 패한 검투사를 처형하라
는 관중의 신호. 이 시는 감옥에 대한 회상과 함께, 식민지 현실에 순응하고 있는 자들
과 그 노예적인 삶은 결국 심판받고 징벌받을 것임과, 그리고 민족의식에 대해 노래하
고 있다.

한 마리 흰 비둘기가

애원하듯 모은, 내 두 손에 있는 것처럼,

내 눈으로 한 번 본 것들에 대한

기억을 떠올리는 것으로도

아직 두려우니.

무서워, 금방 도망할 것처럼

발끝을 세우고 있구나―

회상은 기억을 태워야만 하나니!

기억은 가시덤불이구나. 그러나 나의 것은

불꽃으로 된 바구니라! 그 빛에

내 민족의 미래를 예견하는구나.

하여 나는 우나니. 정신 안에는 우주의 법칙이 있으니,

강으로부터, 바다로부터, 돌로부터, 별들로부터 온

가혹하고 숙명적인 법들이구나. 나의 높은 창가에서,

꽃을 피운, 검은 가지로 그늘을

드리우고 있는 저 아몬드 나무는

아몬드 씨앗에서 왔구나. 또한 유배지의 꽃,

사랑스러운 소녀*가 천진스레 내게 가져다준,

흰 접시, 달고 향기로운 즙이 가득한

저 맛있고 둥근 황금열매는

오렌지구나, 오렌지 나무에서 왔구나―

슬픈 토양에 눈물이 파종되었으니

눈물의 나무가 자라리라. 죄는

형벌의 어머니라네

        삶은 변덕스러운

마술사의 컵이 아니니, 불행한 사람들을

위해서는 쓸개즙을, 행복한 사람을 위해서는

불타는 토카이**로 바꾸지 않는다네. 삶은 엄숙한 것이라,

우주의 부분인, 한 문장을

* 친딸처럼 사랑했던 마리아 만띠야를 말함. 뉴욕에서 마르티가 대부가 됨.
** Tocay, 고급 포도주의 이름

거대한 문장에, 하녀는 접속시키지
빠른 궤도로 끌고 가는 사람들의 바로 그 눈들에
황금먼지로 자신을 감춘,
황금의 수레를, 하녀는
숨겨진 고삐로 조심스럽게
지칠 줄 모르는 영원에 매어둔다네!

지구는 고대 로마제국의 것과 같은 원형경기장이라,
각 요람 곁에는 보이지 않는 무기장식이
사람을 기다리나니, 거기서 악습들은
휘두를 때 상처를 입히는 잔인한
단검처럼 빛나는구나, 선행은 깨끗한
방패 같으니. 삶은 넓은 모래사장,
또한 사람들은 검투사 노예들이라,
사막의 그늘인 지고한 관람석에서

왕과 민중만이* 침묵으로 지켜보는구나.
그러나 그들은 보리니! 싸움에서, 악의가 있는 적의
칼날 앞에서 방패를 내리거나, 그것을 옆으로 밀치거나
아니면 비겁하게 애원하거나,
아니면 타락하여 비굴하게 가슴을 여는
사람들을, 베스타 여신을 모시는 거친 무녀들은
바위로 된 냉혹한 의식용 의자에서
죽음을 선고하나니, Pollice Verso,
무기력한 검투사를 모래 위에 꽂기 위해
작은 비수의 손잡이가 가라앉을 때까지.

방패를, 높이 들라, 민중이여,
이 삶은 엄숙한 것이기 때문이라,
그리고 나중에 목을 잠그게 되는 노예의 둥근 테 같은,

* 보이지 않는 데서 심판하는 사람들.

또는 용의주도하게 해방하라는 나쁜 미래의 선심성 포상 같은
활동은 모두 죄이니!

노예를 보았느냐! 포도송이처럼 묶인
죽은 육체들처럼, 너희 등 뒤로
삶과 삶이, 창백하고 고통스러운,
이마를 가지고, , 침울한 부담을
헛되이 끌 것이라, 바람이 너희들의
난폭한 불행을 가엾게 여길 때까지,
최후의 티끌까지 증발하리라!
오, 무시무시한 광경이여! 오 지독히
죄 많은 행렬이여! 캄캄한 평지에서
그들을 본 대로, 분노한 시선, 갈망,
열매 없는 나무를 심고, 메마르고 거무튀튀한
덩굴풀, 장례를 위한 지역엔
태양이 빛을 주지 않으니, 나무 그림자도 없으리라!

또한 물 없는 거대한 대양같이

침묵으로 노를 젓는구나, 앞에서는

그물 씌운, 소의 멍에처럼, 끌고가고

뒤쪽에는, 리스트에 오른 채찍 자국 깊은

야윈 몸뚱이, 엄청난 노예들이구나!

사륜마차를 보았는가, 주름 잡힌 짧은 하얀 옷을

유쾌하고 가볍게, 반짝반짝 빛나는

세 가닥 갈기를 가진 준마와 화려한 고삐,

은으로 된 세련되고

화려한 안장, 동시에 영혼과 발의 감옥인

작은 신발을 보았는가?

그렇다면 너희를 비열한 종족처럼, 겁쟁이처럼

게으름뱅이처럼, 업신여기는 이방인들을 본 것이니!

담대한 오마그노

담대한 오마그노. 순전히 영혼과 함께
살았지, 그렇게 타오르다, 죽었으니—
관자놀이 오목한 데로 흰 머리칼이 많은
느슨한 머릿단을 늘어뜨렸지. 침착한
두 손으로 마른 허벅지를
단단히 버티니. 전 세계 암흑의 도시를 향한
고귀한 모욕처럼, 미다스˙들의 고약한 악취와 불행으로
무시무시한 도시를 부인하는 사람처럼
두 입술을 다물었구나. 정글 속에 있는
사랑과 갈망어린 맑은 눈동자들, 그 죽음의
어스프레한 불빛, 개미떼에게
물어뜯겨 죽은 신의 물기 많은 응시는
밤의 숲에 피운 흰 모닥불처럼
빛나는구나.

* 그리스 신화의 미다스왕

간청하는 사람

아름다운 젊은이가, 상처 입은 그의 발치에

넘어져 우나니, 검은 눈동자 속에

연민을 자아내는 비탄이 번쩍이네.

아니지, 오마그노처럼, 이 시대의 옷들

검은 옷들을 입아야지'

겨울철 초록 잎들처럼 빛나는구나.

혹은 아녀자들, 혹은 미련퉁이들처럼, 향기 없는

장미로 된 정장들— 장미색 조끼와,

진주빛 비단으로 된 넓은 양장으로

여인 자신들의 고상한 체형을

칭칭 감을 것인가? 오, 말하라, 오마그노여 내게 말하라

떠나려는 이 궁전에서, 내게 말하라

향기로운 꿀을 가진 포도를 터뜨리는

* 호세 마르티는 항상 검은 옷을 즐겨 입었다.

비밀스러운 주문을, 말하라 향기를 채우고
강하게 만드는 깊숙한 기쁨의 문을
어떤 열쇠로 여는지. 오, 고결한 오마그노여,
그것을 말하라, 낯선 젊은이에게—

숭고한 연민은 죽음을 맞이한 사람의

입술을 열었으니

죽은 채로, 나는 살아왔으니

나는 죽은 채로 살아왔으니. 순례 속에서
살아가면서 무덤을 따라갔지.
야생의 철로 만든 8세기 갑옷은
적었지, 그래, 내 얼굴보다 더 무게가 적었지.
바다의 울부짖음이 대지로 굴러올 때,
불안한 두개골을 단단하게 유지하고
---------------- 놀라지 않네.
나에게 불평하라, 나는 불평하지 않으니, 탄식하는 것은
하인들이나, 여인들,
낡은 리라를 울리는 새로운 손을 가진
트로바[*]의 견습생들이나 하는 것— 그러나
내 완전한 존재가 마치 가슴 찢어지는 듯한
흐느낌으로 몸부림치는 것처럼

* 호세 마르티의 육필원고에서 그대로 가져옴.
** 쿠바의 음유시인들이 쓴 연가.

예리함으로 살고 있구나—

태양이 뜰 때마다 대지로부터, 내 자신의 유해를

하나로 모으고, 질질 끌어, 그것들을 일으켜 세워,

무정한 전등불과 탐욕스런 인간을 향해

살아있는 것처럼 산책하리라.

그러나 잠든 곳의 그늘에서처럼,

내게 주어진 빛을 마주한다면

먼지 위에 나의 변장들을 내던지리니, 대지로 돌아오는

온기 하나 없는 육체가 돌연 보일 것이라

그 자체로 생명력 없는 산기슭인듯

죽은 숲이 그대로 허물어지는구나.

나는 살아왔지. 의무를 위해 내 무장을 맹세했고

단 한 번도 태양은 비탈길로 접어들지 않았으니,

투쟁 없이는 내 승리를 볼 수 없으리라—

원하노니 말하지 말고, 보지도 말고, 생각도 말기를!

회갈색 구름처럼 팔짱을 끼고
죽음의 평온으로 나를 가라앉히리.
밤에, 삶이라고 부르는 검은 병영에서
그대의 병사들이 꿈을 꿀 때,
살아있는 모든 것을 향해 등을 돌리네. 벽을
정면으로 마주보니, 진액 같은, 대지 안에서
내 전쟁의 모사를 보는구나—
한 소녀의 금빛 머리카락이여!
한 노인의 흰 두개골이여!

새로운 연(連)[*]

그때, 오, 시여,

네 가슴에서 잠깐 쉴 때 내게 그것은 운명이니!

삶은 넓고 완벽하고 또 찬란한 것이구나.

이 사람이나 저 사람 또는 내가 슬프게 사는 것은,

이 사람 혹은 저 사람의 잘못, 또는 나의 잘못이라!

준마는 인간보다, 더 아득한 날개로부터,

태어났으니, 누군가 높은 데에 있는 날개를

거대한 앞다리로 벌써 설계했구나.

말굴레 하나만으로 준마는 박차를 가하고,

펄럭이게 하는 바람으로 태어나고— 삶은 인간들에게

요람에서 그들의 고삐를 채웠으니!

만약 그것을 비틀거나 뒤집는다면, 또는 만약 장애물에 걸려

흙탕 속에 빠진다면, 스스로의 잘못이라

* 모던의 상징, 새로운 시학, 미학.

고귀한 태양과 […]* 삶에 도전하지 않도록
불구덩이로부터 또는 가시덤불로부터
토막난 고삐를 되찾을 것이라.
우리는 행복 또는 불행으로부터 창조하는 자들이라,
매번 스스로 작가인 것처럼. 우리 실수로
아둔함과 불명예가 더해지는 것을
불평하는구나. 노래하자, 그래, 노래하자,
히드라들이 우리 가슴을 으르렁거릴지라도
삶의 눈부심과 위대함이여!
우주는 거대하고 아름다운 것이니!

숯검정 더러운 노동자. 병약한 여인,
야윈 얼굴과 굵은 손가락을 가졌구나.
다른 여인은 작업장에서 주눅든 팔다리를

* 호세 마르티가 미완으로 괄호쳐 놓은 것. 자운에 맞추어 적당한 단어를 찾던 중으로
여겨짐.

햇빛에 비추면서, 행복하고 향락적인

이집트 여인처럼, 올 굵은 치마를

손으로 부여잡고, 노래하고, 춤추네.

폭풍을 겁내지 않는, 소년은

어깨에 무기를 지닌 병사처럼,

자신의 책을 가지고 학교에 간다네. 조용한

슬픔에 잠긴 빽빽한 인간 무리가

여명에 나가서 그리고 밤에 어렵게 구한

하루치 빵을 들고 돌아오나니—

멤논*을 향하던 빛처럼, 나의 리라를 움직이는구나.

아이들, 살아있는 시들, 영웅들과

창백한 노인들, 산에서 승리한 인간들이

작은 재갈이나 도롱뇽으로 변하는 어두운

* 이집트 신상. 낭만적인 상징. 바람과 태양을 노래하는 음악의 신.

90

화덕들*, 아스띠아낙스와

안드로마까**가 훨씬 더 좋았네,

그래, 늙은 호메로스의 전투들보다, 훨씬 좋았으니.

대자연은 언제나 살아있다네. 미노타우로스***의

세계는 태양 주위를 도는 나비에게 가고 있으니

아프고 마침내 죽는구나.

소금바다와 같은, 빛의 갈증

분노한 삶의 쓰디쓴 물로 젖은,

입술의 갈증이네. 공격자들의

빽빽한 대열은, 겁도 없이,

* 현대 도시의 공장들을 상징.

** 그리스 세계의 중요한 상징. 아스띠아낙스는 트로이의 왕자 헥토르와 안드로마케
의 아들로 그리스 신화와 프랑크 왕국의 건국 신화에 등장하는 인물이다. 안드로마까
는 테베 왕의 딸이며 트로이 왕자 헥토르의 아내이다. 안드로마케는 전후 분배에서 아
킬레우스의 아들에게 주어져 끌려간다.

*** 그리스 신화에서 사람 몸에 소의 머리를 가진 괴물. 미노스에 의하여 미궁(迷宮)에
갇혔으며 후에 테세우스에게 살해되었다.

벌거벗은 어깨를 드러낸 어제의 신에게

무장하지 않은 자유로운 손을 얹는구나ㅡ

그리고 허공에서 가벼운 발들이여ㅡ

시는, 날개가 달린 연이며, 그리고 외침이니

3행 연도 아니고, 긴밀한 8행시도 아니고

수줍은 체하는 프로방스의 4행시도 들어갈 수 없다네.

산을 비워라ㅡ 활활 타는 태양의 일터에서

시흥을 조각하라. 아니면 바다의

붉고 자개 광택이 나는 가슴에서 일깨워라, 승리의

형식은 새로운 연이 될 것이라!

나폴리의 귀족들처럼, 환영(幻影)은

이미 피도 육체도 없이,

삼켜진 문장(紋章)으로 된 케케묵은 조끼를 입고

먼지투성이 죽은 궁전에서, 소리 없는 걸음으로

걷고 있네, 그리고 길 가는 사람들에게

소리 없는 외침 같은 마른 잇몸을 보여주는구나,

그렇게, 피곤한 나무들 위로,
낡은 조끼와 낡은 운율을 입은 작은 악마들이
부러진 대형촛대들, 산화된 면류관의
공허함을 들여다보네!
마르고 죽어버린 통나무에 둥지를 짓지 말지니,
아침의 유쾌한 편지심부름꾼,
신중하고 우아한 아름다운 새들은
풍부하고 활력 있는 기질로, 자유롭고,
빽빽하고, 높고 튼튼한 가지를 원하네.
그러나 태양과 함께 의무가 솟아나니. 태양보다
훨씬 늦게까지 남아있을 것이라. 빵 굽는 곳의
그 전쟁과 그 피곤한 굉음
정복된 육체 안에 있는 완전한 정신은,
괴로워하며 잠들 것이니— 바람 속에
남아있는 시처럼, 부러진 리라 때문에
소리도 울리지 않고 슬프게 지나는구나!

그러니, 오, 새로운 연(連)이여, 내 엉성한
사랑의 허세를, 용서하라, 그때, 오, 시여, 네 가슴 속에
쉬게 할 때, 그것은 내게 운명이니.

시는 성스러우니

시는 성스러운 것이니. 다른 누구도
그것을 취할 수 없는, 그 자체이구나.
무정한 주인을 좇아다니기 위해
눈물을 훔치며 한탄하는 불행한 노예 같은 의지로는
역시 그 누구도 시를 부를 수 없으니, 그렇다면
시는 노예처럼 사랑도 없이 창백하게 올 것이라.
축 처진 두 손으로 부인의 머리를
빗길 것이니. 높은 탑에서,
뛰어난 제과기술의 하나처럼 세 가닥으로 꼬아
팽팽하게 조이거나, 아니면 비천한 고수머리로
진실을 밝히려는 그의 정직한 영혼이
담겨 있는 고상한 이마를 덮거나,
그렇지 않으면 아무 장식도 없이, 적당한 매듭으로
목을 내보이면서 더 잘 동여맬 것이라.
그러나 불행이 부인의 머리를 빗기는 동안
붉은 새 같은 그녀의 슬픈 심장은

다친 날개로 떨게 될 것이니
멀어라! 오! 연인의 가슴이여
겨울 둥지에 있는 새 같구나!
주인들과 폭군들에게 저주가 있으라—
마음이 어느 쪽으로도 걸을 수 없는데
불운한 육체는 어떻게 걸어갈 것인가!

모래 위에 종려나무들 태어나듯이

모래 위에 종려나무들 태어나듯이,
기슭에서 찝짤한 바다를 향해 장미가 태어나듯이
그렇게 나의 시들은 내 고통에서 솟아났으니
매우 흥분되고, 활활 타오르며, 향기롭구나.
그런 초록색 물결 위의 바다 속에서,
찢어진 돛, 잘린 돛대, 벌어진
옆구리로 맹렬하게 차오르는 물,
소란스러운 전쟁 후에
바람과 함께, 배는 계속 운항 중이구나.

무서워라, 무서워라! 바다와 땅에서 더 이상이 없을
삐걱거림과 분노와 안개와 그리고 눈물!
산산조각 난, 산들은, 평지 위로
구르는구나. 평원은 범람한 강에서 바뀐
혼탁한 물결들을
바다에 쏟아부으니, 각 주름마다에

바다의 큰 도시들이 들어 있겠구나.
하늘에는 꺼진 별들이
머물고 있었네. 그늘에서 휘감긴,
누더기 바람들은 달아났으니,
서로 부딪치면서 굴러떨어졌구나.
또 공명하는 바람의 산들 속에서
굉음과 함께 굴러가면서 울려 퍼졌으니.
미친 별들은 구름 안에
불꽃으로 뛰어들었구나!

태양은 나중에 웃으니. 땅과 바다에서
갓 결혼한 신부의 유쾌한 기쁨으로 빛났으니.
폭풍은 정화시키고 수태시키는구나!
숭고한 굉음 안에서 부러진, 거대한 그물처럼 걸린,
머리털 곤두선 바람의 찢어진 망토는
이미, 푸른 허공으로부터

늘어졌구나, 상처 언저리는 치료한 다음
적당한 시간이 지나면 언제나
불그스레 물들어 남아 있다네!
그리고 배는, 아이처럼, 파도를 타고,
놀면서, 흔들리면서, 마음껏 자유로웠으니.

가슴 속에 지닌 것을 꺼내리라

분노로 공포로 가슴 속에 지닌 것을
나는 꺼내리라. 마치 나환자에게서처럼, 놀라서
모든 살아있는 것으로부터 나는 달아나네.
인생이라는 배 안에서 지내자니, 뱃멀미와
메스꺼움으로 고통스럽구나. 불쾌한 고뇌로
내 뱃속이 괴롭구나. 누가 한 번의 휘청임으로
삶을 그만둘 수 있을 것인가!
고통의 시간 안에 있는 이 참혹한
노래를 나는 쓰지 않네.
                    고통의 시간 안에서는
결코 쓰여지지 않으니! 세상 사람들은 그때
개미에게 우쭐거리는 거인 같은
어울리지 않는 시인에게 멍에를 씌우는구나. 오래된 친구와
말한 후에, 영혼을 강하게 하는
깨끗한 기쁨으로, 나는 쓴다네—

그러나, 고급스러운 나무로 만든 쿠바통˙처럼

내 뼛속에 고통의 어머니를 간직하고 있다네!

아! 시체 같은, 나의 고통은, 바다가 잠잠해지자마자

그 가장자리에서, 치솟는구나!

상처 없는 구멍이 없어라. 손톱과

손가락 끝 사이, 바늘들은 나를 찔러대니

내 발끝까지 미치는구나. 차갑게

내 심장을 먹어치우는구나. 삶이라는

이 거대한 유희 안에서, 내 피로

부엉이를 키우는 운명 속에 수용되었구나―

그렇게, 깊숙이 감춘 내 자신의 뱃속 안에서

주먹을 치켜들고 큰 소리로 저주하면서,

텅 비고 갉아먹힌, 바람에 나는 나부끼네!

여자가 나를 속이는 것도 아니고, 또는 행운이

마음먹고 나를 피하는 것도 아니고, 또는 깔끔한 걸

* 물, 술, 기름 혹은 다른 액체를 넣어두는, 크고 둥글며 뚜껑이 있는 나무통

싫어하는 부호가, 내게 원한을 품은 것도 아니라네.

문제는 누가 내 삶을 원하는가? 하는 것. 인간을 어루만지고, 알고,

그리고 나쁜 사람을 찾아내는 것이지—

그러나 내가 울고 있을 때 어린아이가 지나간다면

화려한 깃발을 가진 하얀 배를

바다에 띄우는 항해사처럼

머리카락을 쓰다듬으며, 그와 작별하리니

또 나를 신성모독이라고 말한다면, 너희에게 말하리니

신성모독자는 너희들이라고. 날카로운 앞발이 아닌

비단 같은 날개를 가진, 맹호류 속에 살기 위해

그들은 나를 제물로 바쳤던가? 행여 그것이

날개 달린 호랑이를 기르는 법칙이었나?

충분히 제물이 되어주리니, 빛의 날개로 가득한,

번쩍이는 호랑이가 마침내 드러날 것이라,

태양처럼 빛을 발하니, 장엄하리라!

호랑이는 단단한 이빨로 서두르니!

나를 취하고, 나를 삼키고, 나의 어깨를

갈퀴로 잘 고정시키는구나. 두개골을 벗기고

고통스럽게, 물어뜯으니, 부서진

나의 열정적인 날개는 땅으로 떨어지고 마는구나!

한 남자의 죽음에서 비롯된 선(善) 안에 있는 저 행복이여!

개는 살인자들의 손에 입 맞추는구나!

아버지가 딸들을 지키는 것처럼, 부패한

난봉꾼이 지나갈 때, 그 지나는 자리에서

그를 죽임으로, 얼어붙은 가슴에,

억울한 범죄처럼, 나의 이상을 간직하리라!─

인간을 알고, 또한 나쁜 사람을 찾아냈으니.

그렇게, 영원한 불을 키우기 위하여

더 좋은 사람들은 모닥불에서 소멸되었구나!

다수를 위한 소수의 사람들! 십자가에 못 박는 사람들을

위해 십자가에 못 박히는 사람들이 있으니! 나무에

예수를 못 박았으니. 이 시대의 사람들은
그 자신을 못 박았구나.
치첸의 학자들은 향기과 용설란이 있는
친절한 대지를 믿었지,
높은 종교의식과 아름다운 노래로
그의 아름다운 처녀들을
향기로운 지하수 깊은 데로 떠밀었던가
나중에 두려운 우물 입구로부터
부드러운 장미 거스름한 줄기처럼
장엄한 색깔로 된 연기가 솟아났구나
꽃 만발한 유카탄을 향그럽게 하기 위함이라—
창조주는 그렇게 좋은 사람들을 삶으로 내보냈구나.
향그럽게 하기 위하여. 균형을 잡기 위하여. 아!
호랑이는 내 어깨에 그 발톱을 잘 박았나니.
비천한 사람들은 잘 먹기 위하여. 정직한 사람들은
자신 안에 있는 다른 사람들을 잘 먹이기 위함이라—

십자가의 신비를 위하여, 오래된

양피지의 신학에 내려가지 말라.

고결한 양심에게로 내려가라.

밝게 켜진 큰 초는 많은 고통을 받고 있으니.

죽어가는 소녀처럼

꽃은 그의 줄기를 벨 때 웃고 있구나!

이 땅에서 선량한 영혼들은 너무 고통스럽구나!

낮에는, 용감하게 빛나고. 밤에는

자신의 팔 위에서 울음을 터뜨릴 것이니.

여명의 허공 속에서

그 소름끼치는 창백함을 본 후에, 사람들에게

두려움을 주지 않기 위하여, 자기 자신

상처의 피로, 가엾은 얼굴을 물들였으니,

연민으로, 장미의 잎들을, 덮어 쓴,

해골처럼, 걷기를 시작하는구나!

나는 두렵지 않아

나는 두렵지 않아

진리도, 실제적 감각의 말도.─

　　　인간의 영혼은 은어(隱語)로 되어 있다네,

단순한 스페인어로 된 인간의 영혼이여!

　　　이 사람 : 여기는 클래식 기법을 가졌구나

　　　그 사람 : 여기는 실용적 사투리를 가졌구나

　　　저 사람 : 여긴 소심한 언어와 차가운 시간을 가졌구나

　　　　　그렇게 많은 옷을 벗어던지는 그 누구도 없으니

내가 누구인지 본질을 내버려두라! 선생들 자리를

지킬지니 그들의 온전함과 자유,

잉태된 진실은 고통을 치르고, 깨닫게 하리라.

수사적 장식적 시에 반대하니

수사적이고 장식된 시에 반대하니
자연의 시는. 이쪽은 급류,
여기는 마른 돌. 저쪽은 에메랄드로 엮은
바구니 안에 있는 어린 금련화처럼, 빛나는
초록 가지에 있는, 황금색 새이구나.
이쪽은 구더기의 진득진득하고
냄새 고약한 흔적이라. 두 눈은 진흙으로 된
두 개의 거품이고, 회갈색 배는, 참을 수 없이, 역겹구나.
나무 위쪽으로, 더 높은 곳에,
강철로 된 하늘에 변함없는 별이
홀로 있으니, 그리고 발치에는 화덕이니,
그것은 대지를 구워내는 타오르는 화덕이라.
불꽃들, 투쟁하는 불꽃들은, 두 눈 같이
열린 구멍으로, 두 팔 같은 혀로,
사람이 하는 분노처럼, 칼로 된 것처럼
끝이 날카롭구나. 타오르고 타오른

삶의 칼은 마침내 대지를 이기니!

기어오르고. 안으로부터 나오고. 포효하고. 낙태하고.

인간은 날개를 위하여 불에서 시작하는구나.

그리고 승리의 길을 가나니

더럽혀진 사람들, 비천한 사람들, 소심한 사람들,

패배한 사람들, 뱀처럼, 작은 개처럼,

이중 이빨을 가진 악어처럼

이쪽으로부터, 저쪽으로부터, 그를 보호하는 나무로부터,

그가 가진 토지로부터, 목마름을 진정시키는 개울로부터,

양식을 벼리는 모루 자체로부터,

그를 향해 짖고, 발을 향해

먼지와 진흙탕인 얼굴을 향해 이빨을 드러내며,

그의 길에서 할 수 있는 모든 것으로 눈멀게 하는구나.

그는 날개의 타격으로, 세상을 쓸어내고

청명한 태양 같은, 사람 같은 죽음으로

활활 타오르는 대기로 상승한다네.

고결한 시는 그렇게 되어야 하리라.
삶 또한 마찬가지이니, 별 그리고 작은 개,
불꽃에 의해 물어뜯긴 동굴이라,
소나무 그 향기로운 가지 안에서
둥지는 달빛을 노래하는구나.
달의 빛나는 광채를 노래하는구나.

대도시의 사랑

그 시간들은 신속함과 조롱으로 되어 있으니.
소문은 빛처럼 달리고, 떠밀려 모래톱에 떨어진
처참한 배처럼, 높은 첨탑에서
광선은 침몰하고, 가벼운 배 안에서
인간은, 날개가 있는 것처럼, 허공을 가르는구나.
사랑은 그렇게, 화려한 의식도, 신비도 없이
겨우 태어나, 포식하다가 죽었으니!
새장은 죽은 비둘기들과 굶주린 사냥꾼들의
도시이구나! 인간들 때문에
가슴이 부서진다 해도, 그리고 깨어진 육신이
땅으로 구른다 해도, 짓눌린 과일조각으로 볼 뿐
안을 보려고 하지 않는구나!

거리에서, 광장들과 살롱들의 먼지 사이에서
서서 사랑하나니. 꽃들은 태어난 지
하루 만에 죽는구나. 죽음을 앞에 두고 떨고 있는

저 처녀는 알지 못하는 건달에게
순수한 손을 내미니,
두려워하는 즐거움이여, 심장이 가슴 속에서
저렇게 뛰쳐나오는구나, 말로 다할 수 없는
가치 있는 기쁨이어라, 행복한 아이가
와악 터뜨리는 울음처럼 사랑하는 이가
있는 가정의 문 앞으로,
곧장 서둘러 걸어가는 상쾌한 불안(不安)―
저길 보아라, 우리 사랑이 불꽃을,
장밋빛으로 물들이고 있구나―
아, 모두 허풍이구나! 누가 기품 있는 사람이
될 시간이 있겠는가? 부호의 집에 사는
우아한 부인은 호화스러운 화폭이나
황금잔 같은 것을 잘 느끼겠지!
또는 목마르다면, 팔을 길게 내밀어
건네받은 잔을, 깨끗하게 비워버리겠지!

그 다음, 탁한 컵은 먼지 위에 구르고
유능한 시음가는 ─보이지 않는 피로
가슴 얼룩진─ 도금양 화관을 쓴 채,
유쾌하게 그의 길을 계속 가리니!
이미 육체가 아니고, 인간쓰레기이고,
무덤들이고, 찢어진 조각들이구나! 그리고 영혼들은
바로 제때에 잘 성숙한 데서 넘쳐 나오는,
사근사근한 부드러운 껍질을 가진
풍요로운 나무열매 같지 않으니─
거친 노동자가 난폭한 두드림으로
익게 만든 시장의 열매이구나!
이 시대는 마른 입술로 되어 있다네!
꿈이 없는 밤들로 되어 있으니! 설익는 것으로
즙을 짠 삶으로 되어 있으니! 행복이 결여된 것보다
더 부족한 게 무엇일까? 놀란
산토끼처럼, 정신은 숨어버렸구나,

웃는 사냥꾼으로부터 떨면서 달아나니,
우거진 수풀 같은, 우리 가슴 속에,
뜨거운 팔을 가진 욕망은 부유한 사냥꾼처럼
떨기나무 숲을 돌아다니는구나.

도시는 나를 무섭게 하는구나! 모두 비우기 위하여
잔을 채우고 있으니, 아니면 속이 텅 빈 잔들이네!
두렵구나! 아아, 내 신세여! 어떤 포도주들은 독이
되리니, 복수하는 악마처럼 나중에
나의 정맥에 그 이빨을 박을 것이라!
목마르구나— 그러나 지상에 있는 포도주로
마시는 법은 알려지지 않았으니! 나를 분리하는
벽을 부수기 위하여, 아직 충분한 고통을
받지 않았다네! 오, 고통이여! 나의 포도원으로부터 온!
위대한 시음을 위해 붓꽃의 즙이 담긴 이 잔들은
인간적인 매우 약한 포도주이니

연민 없이, 불안 없이 들이킬지니!
너희는 마셔라! 나는 정직하고, 또한 두려움을 아는 자라!

무엇을 해야 하나?

무엇을 해야 할 것인가?

하나 되라! 준비하라! 기다려라!

흑인과 백인이 하나 되고, 바다 저쪽

더 먼 데서 태어난 사람은 이쪽의 사람들과 하나 되라—

그리고 필요하다면, 죽으라. 가리지 말라, 눈을 가리지 말라,

그 누구도 이방을 위해 조국의 눈을 가리지 말라.

완고한 사람들을 너의 경멸로 제거하라

그 경멸에도 제거되지 않는다면, 모든 방법으로, 그들을 제거하라!

이 분노들은 내 것이 아니라고

말하는 사람은 늘 있을 것이니

이는 모방하는 자들이라.

저 담대한 발언, 이 분노는 내 것이라—

타락하고, 먹어치우니

타락하고, 먹어치우고, 병들고, 술에 취하는구나
도시의 삶은. 준마가 풀을 먹는 것처럼,
소음은, 시를 먹어치우네.
곤궁한 사람들은 벽감에 든 시체처럼
집들 속에 부둥켜안고 있구나.
남자와 여자들은 침침한 거리를 향해
고된 발걸음을, 질질 끌고 있으니
진흙 위에 있는 곤충들처럼
그렇게 메마르고, 성나고, 창백하고, 병약하네.

두 눈이 그의 내부에 있는
별의 궁전을 도시로 전환시킬 때
영웅의 영혼은 큰 전쟁을 생각하지 않고.
오목한 사원도, 번쩍번쩍 빛나는 언어의 논쟁도
생각하지 않고. 한 다발인 것처럼, 가난한 사람들을
포옹하여, 공기가 순수한 곳으로, 또한 태양이

빛나는 곳으로 심장이 천박하지 않는 곳으로,
그들과 날아갈 것을 생각하는구나.

얼마나 많은 선을 행할 것인가, 얼마나 많은 공포를 피할 것인가
조금 더 깨끗한 공기로, 조금 더 선량한 영혼으로.

좋아, 나는 존경하네*

좋아, 나는 존경하네

내게 난폭한 방식이든, 온순한 방식이든

배고픔과 고통을 거절하는 사람들과 함께

불행한 사람과 비정한 사람을 위한,

숭고한 노동을, 나는 존경하네

고통받는 사람들의 무뚝뚝하고 쇠약한

창백함, 성가심, 티눈, 주름을.

존경하네 이탈리아의 불쌍한 여인을,

그녀의 하늘처럼 순수한

햇빛도 없는 집 모퉁이에서 보잘 것 없이

달큰한 파인애플 또는 시들은 사과들을 팔고 있는

거기서 아름다움에 대한 내 갈망은 초췌해지네,

존경하네 용감하고, 씩씩한, 선량한 프랑스 사람을,

자신의 포도주처럼 붉은, 두 눈에 담긴

---

* 마르티는 유럽에서 아메리카로 이주해온 이민자들의 가난한 삶에 늘 관심이 많았다.

깃발의 빛들과 함께, 빵과 영광을 찾아
죽을 곳인 이츠모*를 향해 가는.

* Istmo. 지협, 수에즈 지협(파나마 지협). 파나마 해협으로 이주한 유럽인들은 병과 가난으로 많이 죽어야 했다.

전투마에게!

I

전투마여!

빛나는 갑옷! 호리호리한 정강이! 우쭐대는

생기 있는 입술들, 영광의 향기를 맡은 것처럼—

군대는 노래하네, 총들을 깨끗하게 하고

멋진 말이 지나가는 것을 그냥 바라보라!

내 모든 주위에서 불꽃 튀는구나.

나는 내 불순한 사랑으로부터 왔으니!

II

주눅이 든 노새여!

잘못 구워진 진흙으로 된 작은 단지에

쓸모없는 자신의 피를 등에 지고 있네—

군인의 손에 있는 총이 굴러다니는구나

지나가는 그를 보라! 다리를 절며, 툴툴대는구나,

교차하는 곳에서, 모두 깨어졌고, 나는 휘파람을 부네!

내 불순한 사랑으로 돌아가리라!

제2부

소박한 시

내 친구들은 알지니

가슴 속의 이 시편들이 어떻게 내게로 왔는지 내 친구들은 알고 있으리라. 무지로 혹은 열광적인 믿음으로 혹은 두려움 혹은 신중함으로, 워싱턴에, 두려운 독수리 아래, 히스패닉 민족들이 모인 시점은 고뇌의 그 겨울이었다.* 몬떼레이와 차뿔떼뻭**의 독수리, 모든 아메리카의 국기를 자신들의 갈퀴로 움켜쥐고 있는 로페스***와 워

---

* 1889년 1890년, 6개월 동안 열린 아페리카 국제컨퍼런스를 말한다. 자본을 앞세운 미국의 신제국주의적인 음모를 마르티는 경계했다.

** 멕시코, 누에보 레온 주의 수도.

*** 나르시스 로페스(Narciso Lopez, 1798-1850). 베네수엘라 카라카스의 스페인 가문에서 태어남. 1841년에는 총독부관으로 쿠바에 도착, 1848년 이후 스페인 지배에 반대하고 쿠바를 미국에 합병하기를 원하던 쿠바 크리오요들에게 동조했다. 그는 텍사스의 국기에서 영감을 받아 쿠바의 새로운 국기를 제안했다.

커˙의 독수리가 그려진 문장(紋章), 그 방패 모양의 문장을 잊어버린 건 우리들 중 누구였을까? 우리 민중의 의기와 신중함을 확신할 수 있을 때까지 내가 살았던 절망, 은폐된 새로운 주인의 유일한 이익을 위해 쿠바를 분리시키려는, 그 무분별한 계획을 도우려는, 근친 살해의 손을 가진 쿠바인들이 할 수 있었던 합법적인 두려움이 나에게 주던 공포와 수치심, 부당한 고통에 의해 고갈된 힘은, 그 안에서 완성할 것을 주장하는 조국으로부터, 히스패닉아메리카 조국으로부터도 나를 내몰았다.

그들은 산에 있는 의사에게 나를 보냈다. 구름은 닫혔고 개울은 달아났다. 거기서 나는 시를 썼다. 때때로 칠흑 같은 밤에 피로 물든 성의 바위에 대항해서 바다는 포효하고 물결은 파열하곤 했다. 가끔은 꿀벌이 꽃들 사이로 붕붕거리며 돌아다니곤 했다.

놀고 있는 것처럼 쓰인, 이 소박함을 왜 출판했을까? 큰 두려움으로부터 혹은 거대한 희망으로부터, 혹은 자유의 길들여지지 않는 사랑으로부터, 혹은 모래와 탁류와 뿌리 사이를 흐르는, 사금이 있는 개울처럼, 아름다움을 향한 고통스러운 애정으로부터 태어난, 혹은 쓸모 있게 반짝반짝 빛나는 달구어진 쇠 같은, 혹은 뜨거운 분

* 워커 윌리엄(Walker William, 1824-1860)은 미국 출신의 군인이자, 정치인, 언론인, 제국주의자. 니카라과의 수도인 마나과를 불법으로 점령하고 대통령을 자칭한 것과, 스페인어 사용국인 니카라과를 미국에 강제로 편입시키고자, 영어를 공용어로 지정하는 등의 물의를 일으켰다.

수 같은, 나의 뻣뻣한 11음절의 시, 머리털 헝클어지게 하는 〈자유로운 시〉 시편들은 출판하지 않으면서? 그래서 분노로 가득 찬 나의 쿠바 시편들은 그들이 보이지 않는 곳에서 더 좋아지게 될까?

너무 많은 내 숨겨진 죄, 또 너무나 많은 문학의 저항과 고지식함의 증거인가? 이 야생화들을 기회로 내 시학의 과정을 지금 보여주려는 것도 아니다. 게다가 왜 의도적으로 자음을 반복하는지, 혹은 보거나 들은 정서에 이르는 방식을 분류하거나 측정하는지 혹은 각운이 필요 없거나 무질서한 생각이 가공을 견디지 않을 때 그것을 뛰어넘는 법을 말하는 것도 아니지 않은가? 이 시편들은 시와 우정의 밤에, 이미 시들을 공개한, 선량한 몇몇 영혼들이 환대하는 애정 때문에 인쇄되었다. 또한 소박함을 사랑하기 때문이다. 그리고 평범하고 진솔한 형식 안에 감성을 배치할 필요를 믿는다.

I[*]

나는 신실한 사람
종려나무가 자라는 곳에서 왔으니,
죽기 전에
내 영혼에 남아있는 시를 바치고 싶다네.

모든 곳으로부터 나는 왔고,
모든 곳을 향하여 갈 것이니
예술 사이에 있을 때 나는 예술이고,
산 위에 있을 때 나는 산이라네.

나는 진기한 이름들을 알지
풀들과 꽃들의,
치명적인 허망함들의,
숭고한 고통들의.

* 첫 번째 작품인 이 시는 쿠바의 '아리랑'이라는 노래 '관타나메라'의 가사로 인용되었다.

깜깜한 밤에 나는 보았다네
신성한 아름다움이 만든
순수한 불꽃 광채들이
머리 위로 쏟아졌으니.

아름다운 여성들의 어깨 위에
돋아나는 날개를 나는 보았지.
잔해 속에서 벗어나,
나비들은 날아오르는 중이니.

옆구리에 비수가 찔린 채
살아가는 한 남자를 보았네,
자신을 찌른 그 여자의 이름을
지금까지 결코 말한 적이 없는.

일순간, 번득이는 반사광처럼,

두 번 내 영혼을 보았지, 두 번
불쌍한 아버지가 세상을 떠날 때,
그녀*가 나에게 안녕이라고 인사할 때.

한번은, 부들부들 떨었지,
포도밭 입구에 있는 철문에서,
야생 꿀벌이
내 소녀의 이마를 쏘았을 때**.

한번은 즐거웠다네,
결코 없었던 것처럼, 그렇게 즐거웠지,
교도소장이 울먹이며
내 죽음의 선고문을 읽을 때.

* 마르티가 과테말라에 머물던 시절의 연인이었던 마리아 크리스티나 가르시아를 가리킨다.
** 뉴욕에서 친딸처럼 아끼던 대녀 마리아 만티야(Maria Mantilla)를 가리킨다.

대지와 바다, 너머로
탄식을 들었다네,
그건 한탄이 아니라, 그것은
내 아들이 잠을 깨려는 소리였지.

보석상자에서 가장 좋은 보석을
고르라고 한다면,
신실한 친구를 택할 거라네*
그리고 사랑 가까이 둘 것이니.

청명한 하늘을 날고 있는
상처 입은 독수리를 보았네,
은신처에서 자신의 독으로
죽어가는 독사도 보았다네.

* 마르티는 항상 육체적인 사랑보다 우정을 더 크게 생각했다.

130

나는 잘 알고 있으니
세상이 저물어 휴식으로 들어갈 때,
깊은 침묵 위로
부드러운 개울이 흘러간다는 것을.

내 문 앞에 떨어진
빛이 꺼진 별 위에
경직된 두려움과 환희로,
담대한 손을 올려놓았으니.

상처 깊은 고통을
내 용감한 가슴에 감추고 있으니
노예 민중의 아들은
그를 위하여 살고, 침묵하고, 죽나니.

모든 것은 아름답고 지속되나니,

모든 것은 음악이며 또 이치로 되어 있다네,
또한 모든 것은 마치 다이아몬드처럼
반짝임 이전에 숯이니.

나는 알고 있으니 멍청이들은
큰 애도 속에 화려하게 묻힌다는 것을,—
또한 묘지에서 맺힌 것만한
열매가 이 지상에 없다는 것을.

입을 다물고, 깨닫네
운을 맞추어 시를 짓는 허세를 버리나니
학자의 망토를
마른 나뭇가지에 걸어두네.

II

난 이집트와 니그리시아*에 대해 안다네,
페르시아와 세노폰테**에 대해서도.
그래도 산에서 온 신선한 바람의
애무를 더 좋아하지.

난 인간들의 오래된 역사들에 대해 안다네
그들 언쟁에 대해서도.
그래도 메꽃 위로 날고 있는
꿀벌을 더 좋아하지.

난 절규하는 가지에서 부르는
바람의 노래에 대해서도 안다네.
진실로 내가 그것을 더 좋아한다는 것을

* Nigricia, 아프리카 수단의 옛 이름.
** Xenophonte(Jenofonte), 옛 그리스의 지식인.

거짓말이라고 누구도 말하지 말라.

난 우리로 돌아와, 숨을 거둔
넘어진 담갈색 사슴을 안다네.
노여움 없이 어둠 속에 숨을 거둔
지친 심장에 대해서도.

Ⅲ

나는 호텔의 복도에 있는
가면과 악덕을 미워하네,
월계수가 있는 내 산의
온화한 술렁거림 속으로 돌아가리라.

대지의 가난한 사람들과
나의 운명을 꽃피우고 싶으니,
산 속의 개울이
바다보다 더 내게 기쁨이어라.

도가니 속에서 타오르며 반짝이는
부드러운 금은 공허한 사람에게 주라,
내게는 잎새 사이로 태양빛 쏟아지는
그 영원한 숲을 주려무나.

유리 플라스크 안에서 소란 피우는

흙으로 만든 금을 보았으니,
한 마리 비둘기 나를 때
산 속에 있는 것이 나는 더 좋아라.

스페인 주교는 돌 제단에 적합한
기둥들을 찾는구나,
산에 있는, 나의 사원은
미루나무가 기둥이라네!

양탄자는 순수한 양치식물이며,
자작나무로 된 벽,
그리고 빛은 천정으로부터 오나니,
천정은 푸른 하늘이구나.

밤에 자연의 주교는
노래하기 위해, 살그머니, 나간다네.

솔밭의 솔방울로 된 그의 마차에,
조용히, 오르나니.

사륜마차의 조랑말은
두 마리 파랑새여라.
바람이 노래하고 재롱을 부리니,
자작나무들도 홍얼거리는구나.

바위로 된 나의 침대에서 잠드니
내 잠은 달고도 깊어라.
꿀벌은 입술을 스치고
세계는 내 몸에서 자라는구나.

아침 뜨거운 빛살 속에
커다란 모서리 장식들이 반짝이네,
장밋빛, 보랏빛, 빨강으로

벽걸이가 물들었으니.

산에서 홀로, 노래하는 새는
첫 아침노을을 지저귄다네.
수평선 엷은 안개는
단숨에 태양을 끌어올리는구나.

눈먼 주교에게
늙은 스페인 주교에게 말하라,
오라고, 나중에 오라고,
산에 있는, 나의 사원으로!

V

네가 파도의 높은 포말을 본다면,
그것은 나의 시일지니.
나의 시는 산이며, 또한
깃털로 된 부채라네.

나의 시는 비수와 같으니
그 손잡이에서 꽃이 피어나지.
나는 시는 분수이니
산호수를 뿜어낸다네.

나의 시는 온화한 초록색이며
불타는 연짓빛이니.
나의 시는 피난처 숲을 찾는
다친 사슴이라네.

나의 시는 용감한 자를 좋아하며

간결하고 신실하며,
강철 같은 힘으로 되어 있어
그리하여 검으로 주조된다네.

VII

에스파냐에 있는, 아라곤을 향하여,
내 가슴 속 한 장소에
아라곤 전부를 지녔으니,
앙심 없고, 솔직하고, 거대하고, 충실하네.

내가 왜 그곳을 품고 있는지 한 바보가
알기를 원한다면, 그에게 말하리라
거기 친구가 있으며
거기서 한 여자를 사랑했노라고.

거기, 꽃이 만발한 평원에서,
영웅적인 방어가 있는 평원에서,
생각한 것을 지키기 위해
사람은 생애를 걸었구나.

한 시장(市長)이 그를 조여 매거나

우락부락한 왕이 괴롭힌다면,
모포를 걸친 아라곤 두메산골 사람이
큰 엽총으로 죽이리니.

에브로강의 진창에 목욕하는
황야를 사랑하네.
라누사*가 태어난, 파디야**가 태어난
푸른 필라르***를 사랑하네.

대지를 위해 압제자를
손등으로 내쫓는 사람을 존경하니.

* Juan de Lanuga(1564-1591). 펠리페 2세 시대의 법무장관. 아라곤의 더 큰 정의를
지키다가 사라고사에서 사형되었다.
** Juan Lopez de Padilla(1490-1521). 왕의 절대권력에 대항하여 일어난 저항적 집단의
민병대 대장. 패배한 후 사형당함. 라누사와 파디야는 사라고사의 저항의 상징적 인물.
*** 성모 Pilar. 스페인 아라곤 저항정신의 상징이다.

존경하리라, 그가 쿠바인일지라도,
존경하리라, 그가 아라곤 사람일지라도.

장식된 계단이 있는
그늘진 안뜰이 좋았지,
사원과 기둥 사이의 고요한 공간과
텅 빈 수도원이 좋았지.

꽃 핀 대지를 사랑한다네,
모슬렘 땅이거나 또는 스페인 땅이거나,
그곳에서 몇 송이 내 삶의 꽃들이
봉오리를 터뜨렸으니.

IX[*]

한 날개의 그늘에서,
가장 아름다운 이 이야기를 전하고 싶네.
과테말라의 소녀,
사랑 때문에 죽은 그녀를.

꽃다발들은 붓꽃이었네,
물푸레나무와 재스민으로
가장자리를 두른, 비단상자 안에
우리는 소녀를 묻었지.

…소녀는 건망증이 심한 사람에게
향기 주머니를 주었지.
그는 돌아왔으니, 결혼해서 다시 돌아왔으니.
소녀는 사랑 때문에 죽었구나.

* 이 시는 그가 사랑한 여인 '과테말라의 소녀'로 알려진 마리아 가르시아 그라나도의
죽음에 바치는 시편이다.

주교들과 사절들은
소녀를 관 속에 싣고 갔지.
뒤에서 차례대로 사람들이 걷고,
모두 꽃들로 가득했지.

…소녀는 그를 다시 만나기 위해,
그를 보려고 전망대로 나갔지.
그는 제 아내와 돌아왔으니.
소녀는 사랑 때문에 죽었구나.

이별의 키스를 했을 때
소녀의 이마는 달아오른 청동으로
된 것 같았지, 나의 생애에서
가장 사랑한 이마였네!

…소녀는 저녁 무렵 강으로 들어갔지,

의사가 죽은 소녀를 건졌지.
사람들은 추위 때문에 죽었다고 말하네.
나는 소녀가 사랑 때문에 죽은 것을 알지.

거기, 차가운 묘지에서,
사람들은 두 개의 벤치에 그녀를 눕혔지.
야윈 소녀의 손에 입 맞추었네,
소녀의 하얀 신발에 입 맞추었네.

침묵했으니, 어두워지자,
매장하는 인부가 나를 부르는구나.
결코 다시는 만나지 못하리라
사랑 때문에 죽은 그녀를.

XI

내게 충실한 시종이 있으니
나를 보살피고, 내게 툴툴거리지,
나갈 때, 나를 깨끗하게 하고
월계수로 된 내 왕관을 광내는구나.

내게 착실한 시종이 있으니
먹지도 않고, 잠들지도 않고,
작업하거나, 또 흐느껴 우는
나를 보기 위해 몸을 웅크린다네

외출하면, 이 비천한 자는 내 주머니 속에
몰래 들어와 나타나고,
돌아오면, 이 완고한 자는 회색 재
한 잔을 내게 제공하는구나.

잠든다면, 동이 틀 때까지

내 침대 옆에 앉아 있고,
글을 쓴다면, 내 시종은
잉크병 속에 피를 쏟아내지.

존경하는 이, 내 시종은,
걸을 때 이를 딱딱 마주쳐 울리니,
내 시종은 오싹하고, 또 반짝반짝 빛나는구나.
내 시종은 해골이니.

XVII

금발이어라, 길게 늘어뜨린 머리카락이
무어인의 눈을 더 눈부시게 하니,
그때부터, 금빛 돌개바람 안에
나는 감싸였네.

새로운 꽃을 향해 더 민첩하게
왕왕 날아다니는 여름 꿀벌은,
이전처럼 "무덤"이라 말하지 않고,
"이브"라고 말하니, 모든 것이 "이브"이구나.

어두움 속에서, 두려운
폭포의 급류를 향해 내려오니,
은빛 잎새들 위에
펼쳐진 무지개가 빛나고 있네!

인상을 쓰고 자세히, 보니, 자극받은

산의 장엄한 야생이구나,
하늘색 푸른 영혼에서
분홍빛 히아신스가 싹트니!

숲을 가로질러
가까운 늪으로 산책하네,
나뭇가지들 사이로 그녀를 보는구나.
물을 따라 걷나니.

정원의 뱀은
쉭쉭거리며, 침을 뱉으며, 자신의 구멍으로
미끄러지고. 노래하는 새는
짹짹거리며, 내게, 날개를 펼치는구나.

우주가 진동하는 곳에서
나는 하프이고, 나는 수금이니.

태양으로부터 왔으니, 태양을 향해 가리라.
나는 사랑이니. 나는 시이니!

XVIII

경박한 이브의 브로치는
진한 금으로 만들어졌지
한 순수한 남자가 바위로 된 심장에서
그녀에게 꺼내주었지.

마음을 유혹하는 새가
어제 번쩍번쩍 빛나는 브로치를
주둥이로 그녀에게 물어다주었네
밀가루 반죽으로 된, 가짜로 된.

이브는 허풍선이가 만든
다이아몬드를 우중충하게 달았구나.
순금으로 된 브로치는
바늘함에 내버려두고.

XIX

브로치가 잘못 달린 데다
충혈된 네 눈동자 때문에,
어젯밤에 금지된 장난들을
즐겼다고 생각했네.

믿을 수 없는, 배신감으로 너를 미워했지.
죽음의 증오로 너를 싫어했지.
너무 천박하고 너무 아름다운
너를 보는 것만으로 내가 불쾌해졌다네.

그런데 어떻게인지 언제인지도 모르는
우연한 메모로 인해,
나 때문에 밤새도록
울고 있었다는 것을 알았으니.

XXIII

저 자연의 문을 지나
이 세상을 떠나고 싶네.
초록 잎 가득한 수레로
나를 죽음으로 데려다 주리니.

배신자가 죽은 것처럼
나를 어둠 속에 내버려두지 말기를.
나는 선한 사람이니, 선한 사람처럼
태양을 마주보고 죽으리라!

XXV

나는 생각하네,
정말 새까만 눈을 가지고 있던
노란 카나리아 한 마리에—
소박한 학생처럼, 행복했던 때를!

조국이 없이, 어쨌든 섬길 주인도 없이,
내가 죽을 때, 원하나니,
내 무덤엔 꽃 한 다발로 덮어주길—
또한 깃발 하나와!

XXVI

비록 죽었을지라도, 살아있는 나는,
위대한 발견자이니,
어젯밤 사랑의 약을
찾아냈기 때문이지.

사람이 십자가의 무게를 위해
죽을 것을 결심할 때
잘 수행하기 위해 떠나고, 그것을 이룬 후,
빛으로 씻은 듯 돌아오리니.

XXVII[*]

잔혹한 적^{**}은
우리들의 집에다 불을 질렀네.
열대의 달빛 아래
양검은 거리를 휩쓸었으니.

스페인군의 칼날을
무사히 피한 사람은 거의 없으니.
해가 뜰 무렵, 거리는,
흐트러지고 무질서한 주검이었지.

총알 사이로, 차가, 지나가네,
울면서, 죽은 여인을 싣고 가는구나

---

* 호세 마르티의 자전적 시. 1868년 빌라누에바 극장(Teatro Villanueva)에서 스페인
민병대가 혁명을 꿈꾸는 독립투사들을 공격한 사건. 호세 마르티도 거기에 있었다. 엄
마는 걱정이 되어 아들을 찾으러 직접 험한 상황을 뚫고 길에 나섰다.
** 스페인을 돕던 민병대, Voluntaria(지원병)이라고 불렀다.

밤의 암흑 속에서
문을 두드리는 손이 있으니.

현관은 총알이 뚫고 나간 구멍으로
총총한데, 한 여인의
목소리, 내게 생명을 준,
내 어머니가 나를 찾으러 왔구나.

죽음의 입을 지나온,
강인한 중년 부인 앞에
용감한 아바나 사람들은
모자를 벗었으니.

두 미치광이처럼
키스한 후에, 어머니는 내게 말했으니.
"빨리 가자꾸나, 가자꾸나, 아들.
동생이 혼자 있으니. 가자꾸나!"

XXX

피로 물든 햇살이,
침울한 먹구름을 헤치네.
화물선은 문짝을 열고,
흑인들을 떼로 쏟아내는구나.

난폭한 바람이,
가지가 무성한 유향수 나무를 비틀고
벌거벗은 노예들은
일렬로 줄지어, 걷고 걸었으니.

빽빽이 찬 노예막사를
폭풍이 마구 뒤흔드네,
아기를 품고 지나가던
어미가 비명을 내지르는구나.

사막에서처럼,

붉은 태양이, 지평선 너머로 떠올라

한 노예 주검을 비추니,

잡목 숲의 세이바 나무에 목을 매달았구나.

한 소년*이 그를 보았고, 신음하는 사람들 때문에

격렬하게 몸을 떨었구나.

소년은 그 주검의 발치에서 맹세했으니

자신의 삶으로 이 죄를 씻겠노라고

* 호세 마르티가 아홉 살 때 감독관 아버지를 따라 마탄사스주의 아나바나에 갔고, 거기서 노예들의 혹독한 삶을 그대로 목격한다. 이는 후에 호세 마르티의 전 생애에 걸친 투쟁의 주제가 된다.

XXXI

신의 모델을 위하여
요청하고자 화가는 그를 보내었네—
그럴 수 없다네! 조국이여, 둘 다
네게 헌신하기 위해, 가야 하나니!

사랑하고 축복한 아들이
그림 속에서 잘 남아있겠지만—
어두운 길목에서 적들과
얼굴 맞대는 것이 더 좋으니!

금발이며, 튼튼하며,
자연스런 기품을 지닌 젊은이구나.
아들이여, 고국의 빛을 향하여!
아들이여, 국기를 향하여!

그러니, 가자꾸나, 늠름한 아들이여.

우리 둘이 가자꾸나. 내가 죽더라도
나에게 키스하렴. 네가 만약… 비열하게 너를
보는 것보다 죽음으로 너를 보는 게 더 좋으니!

XXXII

어둠의 산책길이 있는
암흑의 골목에서,
두 눈을 치켜뜨고, 보나니
한 모서리에, 교회가, 우뚝 섰구나.

신비일까?
계시와 권능일까?
무릎을 꿇고, 엎드리는 것이
의무일까? 무엇일까?

밤은 떨리나니. 포도나무에서
벌레는 어린 싹을 씹고,
무뚝뚝하고 탁한 소리가 나는 매미는
꺽꺽거리며, 가을을 부르고 있으니.

두 마리가 울고 있구나. 듀엣에 귀를 기울이며

두 눈을 치켜뜨고, 보니

산책길의 교회는

큰 부엉이의 형상을 지니고 있네.

XXXIV

괴롭구나! 누가 감히 말할 것인가
내가 가진 괴로움들을? 나중에,
번개 뒤에는, 포화 뒤에는
견뎌야 할 시간들이 올 것이니.

나는 이름 없는 고뇌들 가운데서
깊은 고통으로 된 것을 아나니.
인간들의 노예 제도는
세계에서 지독한 수치라네!

산들이 있구나, 저 높은 산들을
올라야 하리라, 영혼이여,
나중에 보자꾸나, 죽을 때에
너를 내게 넣은 사람이 누구인지!

XXXV

네 비수가 내 심장부를
찌르는 게 뭐가 중요한가?
난 내 시들을 가지고 있으니,
너의 비수보다 더 강렬한!

바다를 말리고, 하늘을 어둡게 하는
이 고통이 뭐가 중요한가?
부드러운 위로, 시는
고통의 날개로 태어났으니.

XXXVI

이제 알았다네. 인간의 몸으로
꽃을 만드는 것이 가능하니.
애정의 힘으로, 하늘을 만들 수 있구나—
또한 아이도!

역시 인간의 몸으로 전갈을
만들 수 있으니. 또한
장미벌레도, 그리고 무서운
부엉이도 만들 수 있구나.

XXXVII

가슴이 여기 있으니, 여인이여,
당신이 상처 입힐 것을 이미 알고 있다네.
더 많은 상처를 입기 위하여
더 큰 가슴이 되어야 하리라!

기적적인 내 가슴 속
일그러진 영혼을 알아차렸으므로,
상처에 더 깊어지는 동안에도,
내 노래는 더 아름다워지리니.

XXXVIII

폭군에 대해? 폭군에 대하여
모든 것을 말하라, 충분히 말하라!
분노한 노예의 손으로
그의 수치 위에 폭군을 못 박으라.

과오에 대해? 좋아, 과오에 대하여
동굴을 말하라, 어둡고
좁은 길을 말하라. 폭군에 대하여 과오에 대하여
할 수 있는 모든 것을 말하라.

여자에 대해? 좋아, 그녀의 물어뜯기로
네가 죽는 일도 있을 수 있으니.
그러나 여자를 나쁘게 말하면서
네 삶의 명예를 흐리게 말라!

XXXIX

한 송이 하얀 장미를 가꿀 것이네,
일월 같은 칠월에,
나에게 솔직한 손을 건네는
신실한 친구*를 위하여.
또한 내가 살고 있는 심장을
뿌리째 뽑는 잔혹한 이를 위하여,
엉겅퀴도 아닌 나도냉이도 아닌
하얀 장미를 가꿀 것이네.

* 평생 마르티를 지지한 멕시코인 마누엘 메르카도를 지칭한다.

XL

내 친구 화가가 그린
금빛을 한 거대한 천사들,
주위 햇빛들과 함께,
구름 안에 무릎 꿇고 있구나.

그의 붓들로 내게 그려주렴
겁 많은 작은 천사들을
카네이션 두 다발,
연민으로, 내게 들고 온.

XLI

너그러운 대지˙로부터
명예가 내게로 왔을 때,
흰색도, 장미색도 생각하지 않았고
대단한 호의에 대해 생각지 않았으니.

묵묵히, 무덤에 누워 있는
가난한 포병에 대해 생각했으니.
군인이었던, 아버지에 대해 생각했으니.
노동자였던, 아버지를 생각했으니.

화려한 문체의 편지가
도착했을 때, 그 고상한 봉투에서,
흰색도, 장미색도 생각하지 않았으니,
사막의 묘지를 생각했으니.

* 사라고사에서 발송한 편지를 받은 것으로 유추된다. 그의 자전적 요소가 녹아 있다.

XLII

바다 가까이에 있는
사랑의 낯선 시장에서,
비길 데 없이 슬픈 진주가
운 좋게도 아가르*에게 닿았네.

아가르, 그렇게 가슴에 걸고 싶던
그렇게 보고 싶던 것을
지루해하기 시작했네. 아가르는,
귀찮아했고, 바다에 진주를 던져버렸네.

무익한 분노로 악의에 차서,
그리고 울면서, 아가르가
바다에게 아름다운 진주를 요구했을 때,
바다는 폭풍우를 일으키며 대답했네.

* Agar, 한 아랍 여인의 이름.

"어떻게 했는가, 아둔한 자여,
갖고 있던 진주로 무엇을 했는가?
그것에 싫증을 내고, 나에게 주지 않았느냐.
나는 그 슬픈 진주를 간직하고 있으니."

XLIV

표범은 메마르고 회갈색진 산에
은신처를 가지고 있다네.
나는 표범보다 더 좋은 것을 가졌으니,
선한 친구가 있기 때문이라.

장난감 속에서처럼 계집애*는
일본 단풍나무 그림이 있는
작은 방석에서 잠드네. 나는 말하지.
"친구만 한 방석은 없잖아."

백작은 유명한 선조를 가졌고
걸인은 여명을 가졌고
새는 날개를 가졌고, 나는
거기, 멕시코에 좋은 친구를 가졌다네!

* mushma. 소녀. 일본어 단어 'musume'의 라틴 알파벳을 옮겨 쓴, 마르티의 변형어.

지배자 대통령은

분수가 있는 정원, 그리고

금과 곡식으로 된 보물을 가졌지.

난 더 좋은 것을 가졌네, 한 친구가 있으니.

XLV*

대리석 회랑과 함께 나는 꿈꾼다

네 신성한 침묵 속에 있는 이곳

영웅들이, 서서, 쉬는구나.

밤에, 영혼의 빛으로,

그들과 말하나니, 밤에!

그들은 열을 짓고 있으니, 대열 가운데로

나는 산책하네, 돌로 된

손들에게 입 맞추네, 돌로 된

눈들이 열리네, 돌로 된 입술들이

움직이네, 돌로 된 턱들이

떨리네, 돌로 된 칼을

꽉 잡네, 그들은 울고 있으니,

칼집에서 칼이 진동하는구나!

나는 말없이, 그들 손에 입을 맞추네.

* 애국심에 대한 소명을 말함. 『소박한 시』의 격식을 깨뜨리고, 『자유로운 시』의 미학적
요소를 담고 있다.

그들과 이야기하네, 밤에!

열을 짓고 있으니, 대열 사이로

산책하네, 눈물에 젖어

한 대리석을 포옹하네. "오, 대리석이여,

너의 자녀들이*

독이 든 그들 주인의** 컵으로

제 자신의 피를 마신다고 말하는구나!

뚜껑이의 부패한 언어로

말하는구나! 피투성이 식탁에서

치욕의 빵을 함께

먹자는구나!

무익한 언어로 마지막 불꽃***을

잃었으니! 말하길

* 쿠바의 영웅들을 말함.
** 스페인 지배자들.
*** 메타포. 자유을 얻을 수 있는, 전쟁을 할 수 있는 마지막 기회를 말한다.

네 종족은 이미 죽었다는구나!
오, 대리석이여, 잠든 대리석이여."
내가 포옹한 영웅은
도약하여 대지에 나를 내던지네,
목으로 나를 움켜잡고, 내 머리로
땅을 스치는구나 , 팔을
치켜드니, 팔은 태양과도 같이
그를 빛나게 하네! 돌이
공명하나니, 흰 손들이
허리띠를 찾는구나, 대리석으로 된 인간들이
주춧돌을 뛰어넘는구나!

XLVI[*]

네 슬픔을 쏟아놓으라, 심장이여,
내가 만나러 갈 수 없는 곳에,
오만으로 인하여
다른 사람을 아프게 만드는 일이 없도록.

내 친구 시(詩)여, 너를 사랑하니,
이제 정말 가슴이 너무 무겁고 부서졌다고
느낄 때, 너와 함께
그 짐을 나눌 수 있기 때문이지.

너는 나를 견디니
내 비통한 사랑 모두,
내 열망과 수치 모두,
네 자애로운 옷자락 안에서 안식하는구나.

* 시의 절실한 필요와 동행을 표현하고 있는 시편이다.

180

너는 내가 평온 안에서
사랑하는 일과 선한 일을 할 수 있도록
영혼이 내게 강요하는 모든 것으로
네 흐름을 탁하게 하는 것을 용인하네.

내가 증오 없이 순수하게
험난한 대지를 건너가도록,
너는 창백하고 힘들게 이끌어 가는구나,
내 사랑스러운 동지여.

내 삶은 그렇게 인도 받아
깨끗하고 청명한 하늘로 향하니,
너는 그 숭고한 인내심으로
내 슬픔을 짊어졌구나.

너에게 나를 내던져버리는

잔인한 습관 때문에
네 행복한 조화와 태생적 온순함은
빗나가고 말았네.

나의 불행을 네 가슴 위에
내뿜었기 때문에 그것이 너를 매질하고,
너의 흐름을 흐트러뜨렸으니,
이쪽은 창백하고, 저쪽은 붉구나,

죽음 같은 저 창백함,
때로는 공격하며 포효하고,
또 때로는 네 힘 이상으로 버거운
통증 무게로 삐걱거리는구나,

자! 나쁘게 태어난 심장이
내게 충고하는 것처럼,

결코 나를 내버린 적인 없는 그를
내가 망각 속에 버려둘 것인가?

시여, 저들은 죽은 자들이 찾아가는 곳인
신에 대하여 우리에게 말하는구나.
시여, 저들이 우리를 함께 정죄하거나,
혹은 둘이 같이 구원받으리니!

제3부

어린 이스마엘

아들에게

모든 경이로움인, 네게로 피난하나니

나는 인간성 회복에 대한, 미래의 삶에 대한, 도덕의 효용성에 대한, 그리고 너에 대한 믿음을 가지고 있다.

누군가가 이 페이지들이 다른 기록들과 비슷하다고 말한다면, 그토록, 네 체면이 깎일 정도로 내가 너무 너를 사랑한 것이라고 말하라. 내 눈이 너를 본 대로, 여기에, 있는 그대로 너를 그렸으니. 그러한 고결한 문장들과 함께 너는 나에게 출현했구나. 너를 하나의 시적인 형식으로 보는 것을 멈출 때, 너를 그리는 것을 그만두리라. 이 개울들은 내 심장을 지나갔다.

네게 닿기를.

아주 자그만 왕자

아주 자그만 왕자를 위하여
이 축제가 열렸구나.
그의 긴 금발
부드러운 머릿결은,
하얀 어깨 위로
길게 드리워졌나니.
두 눈은 검은 별빛 같구나
비상하며, 빛나며, 고동치나니,
섬광을 발하는구나!
그는 내게 왕관이니,
베개이고, 박차이니.
망아지와 하이에나의
고삐를 잡았던 내 손도 그렇게
그가 가는 곳에서는
온유하고 순종적이구나.
그가 미간을 찌푸리면, 나는 근심이 되고

내게 칭얼거린다면
여인처럼 내 얼굴은
새하얗게 변하네.
그의 피가 내 야윈 정맥들에게
생기를 불어넣으니,
그의 기쁨과 함께 나의 피는
부풀어 오르거나 바싹 마르는구나!
아주 자그만 왕자를 위하여
이 축제는 열렸으니.
이 샛길로 오라,
나의 기사여!
이 동굴로 들어오라,
나의 군주여!
네 형상이 내 두 눈에 어릴 때
그 모습 그대로,
마치 침침한 동굴 속에 있는

푸른 별인 듯

오팔의 반짝임을

몸에 가득 걸쳤구나.

검은 구름을 찢고 나오는

태양처럼,

네 걸음마다 어둠은

미묘한 색조들을 드러내네.

이미 나는 전투를 위한

무장을 갖추었으니!

다시 투쟁할 것을

아주 자그만 왕자가 원하는구나.

그는 내게 왕관이어라

베개이고, 박차이어라!

검은 구름을 깨뜨리면서,

그늘을

채색 띠로 바꾸는,

태양처럼

자그만 왕자가 물결을 만질 때

그는 촘촘한 파동으로 수를 놓으니

전쟁에 나서는 내 어깨띠는

붉은 제비꽃빛이어라.

이토록 나의 주인은

내가 다시 살기를 원하는 걸까?

나의 기사여

이 좁은 길로 오라!

나의 군주여

이 동굴로 들어오라!

왕자에게, 아주 어린 왕자에게

내 삶을 봉헌하리니!

아주 자그만 왕자를 위하여

이 축제가 열렸구나.

백일몽

두 눈을 뜨고 꿈을 꾸네
낮에도 밤에도
한결같이 깨어 꿈을 꾸는구나.
무질서한 광대한 바다의
포말 위에서,
사막의 곱슬곱슬한
모래 사이에서,
씩씩한 사자에게서,
내 가슴의 제왕인,
유쾌하게 올라간
고분고분한 목덜미 위에서,
펄럭이며 나를 부르는 아이를
언제나 보나니!

향기로운 팔

알고 있지, 튼튼하고
부드럽고, 향기로운 팔을,
또 허약한 목덜미를 감싸안아야
할 때도 안다네,
나른하게 발산되는
그 고유한 향기 속에
장미 같은 나의 육체는
입 맞추고, 피어나니.
고동치는 관자놀이는
새로운 피로 맥박치는구나.
내 안의 새들은
붉은 깃을 흔든다네.
사람의 기운이 느껴지는
햇볕에 탄 살갗 위로,
나비들은 두리번거리며
그 날개를 팔랑거리나니.

장미의 수액은

무감각한 육체를 흥분시키는구나!

그렇지만, 향기롭고 둥근

팔을 포기할 것이니,

나를 끌어당기는 법을 알고 있는

앙징스런 두 팔 때문이라,

나의 창백한 목덜미에

강인하게 매달리니,

내겐 백합무늬 아로새긴

신비한 목걸이여라!

영원히 내게서 멀어질지라

향기로운 팔들이여!

나의 기사

아침마다
나의 자그만 천사는
황홀한 키스로
나를 깨우곤 했지.
내 가슴에,
걸터앉아 자리 잡고
내 머리카락으로
고삐를 만들곤 했어.
그의 환호에 도취되고,
난 그 도취로 황홀했으니,
나의 기사는
내게 박차를 가하곤 했지.
그 신선한 두 발은
정말 부드러운 박차였어!
어떻게 웃었던가
내 어린 기수는!

입맞춤 하나에도 들어갈 수 있는

두 개의 발,

그의 작은 발에

입 맞추곤 했다네.

장난꾸러기 뮤즈

나의 뮤즈? 그는
천사의 날개를 가진 귀여운 악동이지.
오, 장난꾸러기 어린 뮤즈,
내게 오는 저 비상(飛翔)!

장중한 꿈을 말처럼 타고
오랜 시간, 난
허공 위를 누비는
기사이곤 했어.
분홍빛 구름 속으로도 들어갔고,
깊은 바다에도 내려갔지,
그리고 영원의 품으로도
여행했어.
거기서 말로 형용할 수 없는
광대한 결혼식에 참석했다네,
빛의 어머니가 있는

공방(工房)에서 즐거웠지.

어두운 생명은 그녀와 함께

반짝반짝 빛났어.

내 눈에 동굴들은

천사들의 보금자리였어!

하늘의 여행자에게 물었지

"깨어지기 쉬운 세계가 뭐 그리 중요할까?"

"사람들이 어떤 사명을 지녀야 할지 모르기 때문일까?"

용감한 가슴은 산산조각이 나고,

그의 피는 쏟아져버렸네,

부상자들은 긴 계곡을

걷고 걸었지.

그 몸뚱이는 누더기 안에서 다 망가지고,

그의 발은 살가죽이 벗겨졌으니,

빙긋 웃음을 건네면서 도착하자마자

—쓰러질 수 없어!— 그리고 의식을 잃었구나!

그때 빛이 그들의 공방을

그들에게 열었으니

오라, 내가 본 것들이여.

"깨어지기 쉬운 세계가 뭐 그리 중요할까?"

산으로부터 온 존재들,

계곡으로부터 온 존재들,

그리고 늪과 진창으로부터

온 존재들이여.

나의 꿈으로부터 내려가고 있구나,

날아가면서 떠나는구나,

퇴색한 종이 위에

여행기를 쓰네.

글을 쓰면서, 나를 침수시키는

엄숙한 즐거움.

그리고 기쁨을 추구하고 있는

경쾌한 산처럼,

사랑을 품고 새벽이 올 때

독수리 울음과 함께,

조르르 흐르며 울려 퍼지는 실개울이

매듭을 푸는구나.

깎아지른 높은 바위로 튀어오르며,

반질반질하게 세공하면서,

뜨거워진 하천의

갈증을 상쾌하게 식히면서,

산기슭과 계곡을 향하여,

생글거리며 쏟아질 것이니,

이렇게, 영혼의 새벽이 올 때

환희가 가득하구나.

불을 밝힌 내 정신은

나를 풍요롭게 꽃피우니

마른 두 뺨에

부드러운 눈물이여.

나는 느낀다네

미사를 집전하는 신전의 엄숙함처럼

내 영혼이 허공에 몰약을 따르는 것처럼

앞으로 진격하려는 힘이

어깨에서 뿜어 나오는 것처럼,

가슴 속에서 태양이

그 빛으로 쇠를 벼리는 것처럼,

폭발하고, 끓고, 진동하니

내게서 날개가 돋아났구나!

부드럽게

방문이 열리고,

기쁨을 낳은 빛과 웃음소리와 바람이

다가오는구나.

내 영혼과 유리창에 동시에

태양이 빛을 비출 때
나의 악동 천사가 문으로 들어왔구나!
빛바랜 페이지로 된
다정한 한탄으로 된
내 여행의
그 꿈들은 무엇이었지?
큰 전쟁 후에
하늘과 땅을
황금 날개로 날아다니는
나비들처럼,
망아지경 영혼의 이야기들이 담겨 있는
종잇장들이 그렇게 날아다니는구나.
개구쟁이가 내 아라비아 천을
살짝 이쪽으로 잡아당기는구나.
거기서 간본의 등쪽에
올라타는구나.

나의 펜들로 화살통을

만들어 동여매는구나.

부싯돌을 찾아다니다가

온 선반이 뒤집어졌으니,

거기 대지를 향해 구르는

부서지기 쉬운 짧은 시행(詩行)들,

안개 같은 사상가들,

세련된 로뻬오들¹!

바람 속에 서식하는

작은 독수리들이었으니.

부서진 그들의 감옥으로부터,

상승하는 이데아들이여!

벽에 있던 인디오의 깃털장식을,

* 16세기에 활동하던 Lopeo de Vega를 비롯, 바로크 문학 스페인 황금시대의 주요 인물들을 상징한다.

뽑아, 머리에 동여맸구나.
빛나는 금빛으로 된
그들이 내게 주었던 저 깃,
구차한 이마들
그 천성을 표시하던 깃을,
그의 비단상자에서
꺼내어, 휘두르는구나
태양으로부터 나온 사랑의 속삭임들로
깃털은 빛나니
그의 대담한 얼굴 표정은
황금 빛깔로 목욕한 것 같구나.
금빛 머리카락은
바람을 양쪽으로 나누니,
그것을 부둥켜안으려
불시에 내게로 오는구나.
부서지기 쉬운 내 책상을

입맞춤에서 입맞춤으로 오르나니.

오, 야곱이여, 나비여,

아라비아 사람이여, 귀여운 이스마엘이여!

책들 먼지 사이에서

반짝반짝 빛나며 솟구치는

그를 바라보는 것만큼

내가 좋아했던 건 또 무엇이 있었던가?

강철 대신에 깃털로 무장된 그를 보나니

전쟁의 휴전을

내 두 팔 안에서 구할 것인가?

오라, 오라, 어린 이스마엘이여

아라비아 천의

넓은 주름으로

책상을 불의에 덮치니,

내던져진 나의 책들은

망가진 부끄러움이구나.

이 재앙 위에
장엄하게 앉아,
그리고 웃으면서 내게 보여주는구나,
찢어진 레이스를─
(전쟁에서 찢어지지 않은
레이스는 없으니!) 깔깔거리는 목이
거대한 파도를 만드는구나!
가리라, 새로운 하천으로!
내 생애를 내던지리라,
그리고 내 손에서 낡은
시학을 뿌리채 뽑으리라,
또한 얼룩진 컵으로부터
잉크를 비우리라!
진주로 된 순수한 컵이여
실컷 마실 것을 내게 주려무나!
순수함으로 이렇게 목마르니,

입술들이 메말랐구나!
그를 감싸고 있는 이것들은
살갗들인가 아니면 진주층인가?
웃음은 아라비아의 줄무늬 마노로
만든 잔 같으니,
흠이 없는 가슴으로
의기양양 돌아다니는구나.
여기를 보라! 창백한 뼈여,
생생하게 살아있고, 지속하라!
나는 내 아들의 아들이니!
그가 나를 다시 만들었구나!

나의 아들이여, 내가 할 수 있기를,
파괴되어 가는 우주의 예술을
죽어가는 나의 햇수를
네게 주고 있으니,
갑자기 널 나이 들게 하는구나,

삶을 아낄지니!—

그렇지 않다면, 볼 수 없을 것이라

태양이 영혼과

유리창을 꿰뚫던

위대한 순간을!

너의 순수한 가슴 속에서 가득히

웃음이 울려나니

죽은 책들 아래

주름들이 출렁이는구나

올라가렴, 행복한 야곱이여,

부드러운 계단으로

키스에서 키스로 오라,

내 책상을 불시에 덮쳐라

왜냐하면 그래야 나의 작은 뮤즈이며,

나의 악동 천사이니!

오, 장난꾸러기 어린 뮤즈,

어떤 비상을 가져올 것인가!

나의 귀여운 왕

페르시아 사람들은
그늘진 왕을 가졌고,
검은 빛깔의 훈족은
자존심 강한 왕을 가졌고,
이베리아 사람들을
유쾌한 왕을 가졌지.
인간들은 한 왕을 소유했으니,
노란색*의 왕이라:
그의 통치로 사람들은 나빠져 가는구나!
그러나 나는 살아있는
다른 왕의 신하이니,
그 왕은 발가벗었고,
희고, 통통하구나
그의 홀은—키스이며!

* 황금 또는 돈을 의미한다. 물질의 왕.

나의 상(賞)은—애무이니!
오! 잊힌 땅에서 온,
사라진 마을에서 온
신성한 왕들의
황금덩이 같으니
(네가 갈 때
나도 데려가주렴, 아들아!)
네 홀은 권능이 있으니
내 이마에 손을 얹으렴
나에게 종의 기름을 발라주렴,
난 고분고분한 종이니
기름 바른 상태로 있면
결코 피곤해하지 않는다네!
충성을 네게 맹세하노니
내 귀여운 왕이여!
나의 등은

내 아들의 둥근 방패가 될 것이니,
내 두 어깨를 딛고
그늘진 바다를 지나가라,
살아있는 대지에
너를 두기 위하여 죽을 것이니,—
그러나 모든 사람들의 왕, 노란색을
사랑하려고 생각한다면
나와 함께 죽자꾸나!
불순하게 살 것인가?
그렇게는 살지 말지니, 아들이여!

생생한 깃털관모

투명한 와인으로
차오르는 잔처럼
황금색 거품으로 된
고결한 정신이여.

새것으로 충만한 하천에서 시작된
거친 청춘의 바다처럼
넘쳐나 해변으로 떠들썩하게 오르다가
고요히 소멸하는구나.

청명한 아침 속에 있는
활발하고 보동보동한 망아지들의
유쾌한 무리처럼
때로는 미친 듯한 달리기로,
때로는 울려 퍼지는 말의 울음소리로,
때로는 장엄한 갈기로

공기를 뒤흔들며
그의 환희를 보여주네―

이렇게 내 사유는
생생하게 넘쳐나는구나,
보글보글한 황금빛 거품으로
유순한 네 두 발에 입 맞추네,
또는 형형색색 풍부한
반짝이는 깃털관모로,
흔들리는구나 , 살짝 기우는구나
네가 지날 때마다―아들아!

영혼의 아들

너는 유달리 나부끼는구나,
영혼의 아들이여!
혼란한 밤으로부터 온
큰 파도들이,
내 헐벗은 가슴에
너를 남겨두는 새벽이라네
무질서한 밤으로부터 온
쓰리고 씁쓸한
오늘의 포말은
너를 해류 속에 놓아두는구나.
아량이 넓은 어린 파수꾼,
닫히지 않은
내 깊은 정신의 문을
사랑하는 자, 네가 지키지.
갖가지 나의 슬픔들은
감추어진 어둠 속일지라도

내 부러워하는 평온으로부터

탐욕스럽게 나를 찾아낼 것이라,—

네 흰 날개는

어두운 문턱에서

맹렬히 솟구쳐,

그들 걸음을 막는구나!

빛과 꽃의 물결로

아침을 가져오리니,

너는 반짝이는 물결로

말에 오르려무나.

나를 부르는 것은

오늘의 빛이 아니지, 결코 아니지

내 베개 속에 놓인

너의 작은 손가락들이네.

그 손가락들이 멀리 있었던 너를 말해주니,

열광적으로 내게 말하는구나!

그들은 네 그림자를 가지고 있고
나는 네 영혼을 가졌다네!
그것은 새로운 세계라
내 것이며 또 신비하구나.
너의 두 눈동자에 담긴
아득한 그곳,
섬광이 번쩍이는, 대지를 알고 있다네,—
또한 창백한 이마를 때리는
바람의 금빛
파동 안에서,
내 손으로 할 수 있었으니,
마치 별들로부터 광선을 베어낼 것처럼
네 응시의 빛다발을 베어내는 일!
너는 유달리 나부끼는구나,
영혼의 아들이여!

유랑하는 사랑

아들이여, 너를 찾아
머나먼 바다를 많이 건넜구나.
아름다운 물결들이
너에게 나를 데려가네.
신선한 바람은
구더기로부터
도시들로부터
나의 육체를 깨끗하게 씻어주네.
그러나 나는 우울하니
먼 바다에서는 그 누구에게도
나의 피를 따를 수 없는 까닭이라.
왜 파도들은 내게
한결같이 온유할까?
왜 구름들은 내게
비행하는 보석일까?
왜 바람의 익살은 내게

저리 부드러울까?
저 허리케인의
성난 목소리는 무엇인가?
이 모두를 길들이려는
성숙한 이마여!
미세한 산들바람은
바람둥이들에게
한순간의 키스로
다정하네—
핏기 없고 메마른
나의 두 뺨은
무한한 입맞춤에
언제나 갈증을 느끼는구나!
여기 내 가슴 속에
날개를 편
희고 창백한 천사는

피곤한 이들을

무엇으로 보호하고 있으며

무엇으로 새로운 힘을 주며

누구를 갈망하며 찾고 있는가?

내 유랑하는 사랑은

구름 덮인 그 부드러운 날개로

누구를 감싸고 있는?

노예의 자유인

하늘들, 바다들,

그 누구에게도

나의 피를 따를 수 없구나!

희고 창백한

천사는 운다네.

하늘의 질투는

천사를 울게 만들었구나,

갖가지 색으로 물든 구름이

모든 것을 덮어버리네!
위로할 길 없는 얼굴은
구름으로부터
순백의 날개를
접고, 보호하는구나―
깊은 데에 있는
불확실한 세계 속에서
향기를 발하며
그늘이 열리네,
그 엄숙한 침묵에서
장엄하고
영원한 꽃들이 태어났으니,
거대한 새의
등 위에서
한없는 입맞춤들이 깨어나고,―
생글거리며 살아있는
다른 천사가 등장하는구나!

내 어깨 위에

보라, 내 어깨 위에 걸터앉은
그를 데리고 가니
숨어있어,
오직 내게만 보이는구나!
사나운 불운이
나를 넘어뜨릴 때
그는 내 관자놀이에
둥근 팔로 착 달라붙는다네―
폭풍이 내부에 들어온듯
분노의 표상으로,
빳빳한 머리카락이
심각하게 곤두설 때,
거친 두개골 안에
키스가 날아온 것처럼 느끼니
그의 손은 이성을 잃은
기수를 길들이는구나!

침침한 길의 혹독함,

그 중간에 있을 때도

미소를 짓게 하고, 즐거움이 거의 없어

축 늘어졌을 때

손은 친구를 찾아

도움을 내밀고 있다네―

그것은 보이지 않는 키스이니

내게 아름다운 아이를 선물하는구나

내 어깨 위에

걸터앉아 있는.

사나운 등에들

오라, 사나운 등에들이여,
오라, 자칼들이여,
주둥이와 이빨을 움직이며
떼로 공격하는구나,
들소를 향한 호랑이처럼
나를 포위하고 덤비는구나!
이쪽으로 오라, 초록빛 질투여!
너, 아름다운 몸뚱이여,
두 입술로 나를 물어뜯는구나.
나를 마르게 하고, 얼룩지게 하는구나!
이리로 와라, 눈을 가린
게걸스러운 질투심이여!
그리고 너, 황금동전이여,
사방에서 오는구나!
장사꾼의 능력으로
나를 사고파는구나!

쾌락은 고결함을 죽였으니
나에게로 오라— 그리고 죽여라!

제각각 자신의 무기를 들고
갑자기 출현해 싸우는구나.
쾌락은, 자신의 술잔으로,
날렵한 처녀는
몰약에 매수된
자신의 다정한 손으로,
악마는 은으로 된
자신의 칼로—
그 현기증 나는 검은
내 눈을 눈부시게 하지 않을 것이라!
싸우는 잡다한 무리들이
귀를 먹먹하게 하는구나.
황금의 산 위에

반사되는 눈이

반짝였던 것처럼

깃 달린 투구들이 눈부시구나.

강철로 된 군중들과

깃발로 된 무리들을

구름은 빗방울처럼

내던지나니.

대지는 한순간에

깨어지는 것처럼 보이고,

대지의 초록 등은

거대한 황금으로 덮히는구나.

맞서 대항할지니, 부드러운 태양의

밝은 빛에게가 아니라,

안개를 자르는 붉은 섬광,

예리한 쇠의 그 불길한 반짝임에 맞서라.

나무들은 마음대로

자신의 뿌리를 뒤흔들고,

산은 그 기슭을

독수리 날개로 바꾸는구나.

마치 바로 그 찰나인듯

외침이 들리니

모든 영혼은

육체의 바깥으로 날아오르는 중이라,

육신의 두루마기를 발밑까지

끌어내리는 것을 보는구나.

날카로운 창대로

위협하면서

내 옷을 격렬하게 칭칭 동여매니

피의 미세한 줄기가

붉은 이집트 코브라들처럼

내 피부 위로 희미하게 흐르는구나.

회갈색 자칼들은 진흙 수렁에서

이빨을 갈고.
집요한 등에는
날개 달린 꼬챙이로
줄질을 하고. 아름다운 몸뚱이는
두 입술로 나를 물어뜯는다네—
나의 액막이 부적들이
이제 왔으니, 이제는 왔으니!
구름처럼 왔던
그렇게 거대한 것들이
구름처럼 가볍게
날면서 사라지는구나!

이가 빠진 질투여
떠나라, 사막으로,
타서 석회가 되어버린 계곡으로,
목구멍이 마른 채, 굶주린 채

뼈만 남아 갉히고 있는
불결한 손가락들,
금으로 된 옷을 입은
가공스러운 악마들은
떠날 것이라, 피곤한 주먹 안에서
칼날은 부서졌으니,
그의 쓸모없는 장식인
아름다움은 자신의 눈물들로 덮으면서
떠날 것이라,
고통에 찬, 큰 목소리로―
어느 사랑스러운 개울에서 흘러온
신선한 물에
나는 웃으면서 나의 실핏줄을
담글 것이네.
나는 본다네 흙먼지 속에서
저 비늘 모양으로 된

번쩍이는 갑옷들이
빛을 발하며 증발하는 것을.
투구의 날개들은
불안으로 동요하고, 고투하니,
탈출하다가 금으로 된 투구를
바람 속에 잃어버리는구나.
저 불가사의한 바람을 좇아
펄럭이는 삼각 깃발들은
색깔 있는 큰 뱀들처럼,
풀 위로 기어가고 있구나.
별안간 대지가
거대한 갈라진 틈을 합치니
광대한 들판 위로,
초록 등이 돋아나는구나.
자칼이나 등에가
날아가는 것처럼 도망가니,

향기 나는 기체로 가득한

초원에 머물러라,

눈이 먼 패주들의

무서운 외침이 들리나니, 그 소리는

입 다문 지휘관을

회상시키는구나.

또한 까칠까칠한 갈기를

분노로 쥐어뜯다,

계곡 위에서 숨을 거둔

큰 독수리 같이 죽었으니!

그동안에, 나는 다정한 개울이 신선한

물가로 가리라,

웃으면서 나의 실핏줄을

지혈시키리니.

나는 강한 군대에 대해

두려워하지도 신경 쓰지도 않고,

유혹들에 귀 멀지도 않고,

처녀들을 탐하지도 않는다네!

그가 내 주변에서 날고

선회하고, 쉬고, 두드리니,

여기서 그의 방패가 대항하고,

저기서 그의 몽둥이가 마구 흔들리니,

아무렇게나 닥치는 대로

때리고, 부수고, 흩뜨리는구나.

빈틈없는 투창의 빗발을

그의 작은 방패로 받아내고

그것들을 바닥으로 집어던지고,

새로운 공격에 또 이용하는구나.

등에와 거인들이

이미 날아갔으니, 벌써 날려가버렸으니—

흩어진 무기들의

울리는 소리가 들리는구나.

번쩍번쩍 빛나는 불꽃이 허공을 향해

금빛 빛다발로 오르고,

단검과 큰 칼로

대지를 뒤덮었으니,

등에와 자칼이

이미 날아갔으니, 벌써 몸을 숨겼구나!

벌이 윙윙거리는 것처럼

그는 공기를 깨뜨리고 흔드는구나,

새의 날개 치는 웅성거림은

멈추었다가, 펄럭이다가, 내버려두네.

벌써 나의 머리카락을 스치고,

벌써 내 어깨 위에 멈추다,

벌써 내 옆구리를 가로지르니,

벌써 나의 무릎자락 속으로 뛰어드니,

벌써 적의 군대는

도망치고, 돌아서고, 겁먹었구나!

아들이여, 지친 아버지들의,
힘 있는 방패여!
오라, 나의 기사여,
바람의 기사로구나!
이리로 오라, 새의 날개를 가진
벌거벗은 나의 전사여,
그 다정한 냇물이 흐르고 있는,
이쪽 길을 택하자꾸나
그 신선한 물로
나의 실핏줄을 씻을 것이니!
내 어린 기사여!
날아오르는 전사여!

하얀 멧비둘기

바람은 짙고,
얼룩진 양탄자,
타오르는 불빛들,
거실이 엉망이구나.
여기 소파 사이에
거기 터키식 긴 의자 사이에
투명한 망사, 아니면 날개로 된
껍데기들이 발에 채이네!
춤은 빈 술잔으로
보이는구나!
육체는 깨어나고,
영혼은 잠들었으니,
왈츠는 얼마나 불타올랐던가!
춤은 얼마나 유쾌했던가 !
무도회가 끝났을 때
어떤 짐승이 잠들어 있을까!

금빛 샴페인은

감탄케 하고, 반짝반짝 빛나면서

거품이 일고, 비워지고,

그리고 행복하게 사그라드는구나.

두 눈은 반짝거리고,

두 손은 끌어안으니,

독수리들은 다정한 비둘기로

영양을 섭취하네,

번쩍이는 돈 후안*들은

로사우라**들을 걸근거리는구나.

불안한 단어들이

동요하고, 넘쳐나니,

불붙은 삶은

---

* 유럽 중세에 대중적인 이야기들 속에 나오는 전설적 인물. 호색가의 전형.
** 돈 후안의 음란한 성격에 맞서는 처녀성의 순수함을 대표하는 인물들.

그의 감옥을 좁게 하고,
용암과 화염으로
웃음을 깨뜨리는구나.
또한 백합은 부서지고,
제비꽃은 얼룩지고,
사람들은 선회하며,
물결지면서, 왈츠를 추는구나.
붉은 나비들이
거실을 가득 채우니,
양탄자 위에서
하얀 멧비둘기들이 죽는구나.

야생인 나는
세공된 컵을 거절하네.
유쾌한 샴페인은
목 타는 갈증으로 바뀔 것이라,

짓밟힌 멧비둘기를
우울하게 다시 손에 안고,
맹수 같은 인간들은
저만의 축제에 내버려두었으니—
두려움으로 가득한
두 개 자그만 흰 날개들이
난간을 두드리고 있구나
떨면서 나를 부르는구나.

우거진 계곡

말해주게, 나의 농부여
이렇게 침침한 밤에
이렇게 깊은 산골을
걸었다는 것은
어떤 것일까?
말해주게, 어떤 꽃으로
쟁기에 기름을 발랐는지,
향기로운 대지가
감송나무에게 강한 냄새를 풍기는지?
말해주게, 어떤 강이
이 목초지에 물을 뿌리는지,
계곡은 매우 검었는지
때로는 무성했는지?
다른 이들은 큰 비수로
내 가슴을 갈랐으니.
그렇다면 상처를 만들지 않는

너의 것은 어떤 무기일까?
이렇게 말하자— 한 아이가
자신의 하얀 두 손으로
순결한 입맞춤을
웃으면서 내게로 가져오는구나.

나의 식품담당자

내게 무엇을 줄 건가? 키프로스˙산 포도주?

나는 그걸 원하지 않아.

지갑의 왕도 아니고

내가 좋아하는

포도주를 가진

여인숙의 주인도 아니지.

유리장식장에서 꺼낸

크리스탈로 된,

내가 마시는

향기로운 잔도 아니야.

그러나 나의 식품담당자는

부재중이구나,

다른 포도주가 있다 해도

결코 나는 마시지 않을 것이라.

* 지중해 북동부에 있는 키프로스 섬을 영토로 하는 국가.

갓 핀 어린 장미

요 앙큼한 자여! 어떤 황금무기로
나를 사로잡겠니?
게다가 나는 울퉁불퉁한 쇠로 된
갑옷을 입고 있지.
고통은 얼어붙고, 가슴은
거대한 바위로 변했구나.

흰 눈이 그렇게
태양의 부드러운 광선으로
장엄한 은빛 망토를
펼치는 것처럼,
유쾌한 물줄기로
연푸른 계곡을 뛰어넘는 것처럼,
그리고 갓 핀 어린 장미에게
관대하게 물을 뿌리는 것처럼—
빛나는 전사여, 그렇게

너의 걸음을 따라가니

우둑한 바위는 소박하고 유쾌하게

굴러 가는구나.

온순한 레브렐* 개처럼

연푸른 계곡의

갓 핀 어린 장미를

뛰어다니며 찾으니.

* 개의 품종, 레트리버(retriever).

작품 해설

고통과 고독을 승화시킨 세 권의 혁명
—『자유로운 시』에서 『어린 이스마엘』까지

김수우

시집 세 권, 그 영원의 장소들

『어린 이스마엘』, 『소박한 시』 그리고 유고시집 『자유로운 시』. 2005년 등재된 유네스코 세계기록유산에 담겨 있는 이 세 권의 시집은 그의 이상과 미학, 염결성과 혁명성이 오늘도 살고 있는 영원의 장소이다. 17세에 아바나 정치감옥의 강제노동에서 출발한 고통과 고독은 이후 두 번의 추방과 이방인의 삶으로 이어졌다. 무수한 유랑 속에서 일구어낸 끊임없는 집필활동과 반제국주의, 쿠바 민족주의의 연대와 독립전쟁의 구성, 라틴의 고유한 정체성을 세우려는 지속적인 언론 창설, 마흔두 살 전장에서 전사하기까지의 모든 사유, 그 사랑의 미립자들이 세 권의 시편들 속에 치열하게 운동하고 있다. 행간을 따라 도도하게 흐르는 그의 사상을 읽어나가면 오늘날의 쿠바를 가장 빨리, 깊이 이해할 수 있는 심연이 나온다. 그리고 조금 더 따라가면

문학이 가진 소명의식이 발현되는 여울이 나온다. 동시에 문학의 본질과 함께 라틴문학의 모더니티를 끌어내는 모데르니스모* 운동의 새로운 소용돌이와 부딪힌다.

모든 고난의 행로에서 마르티는 시를 통해 고통을 승화시키고 있다. 평생을 따라다닌 고독 또한 마찬가지였다. 그 승화의 에너지는 사랑이었다. 마르티에게 사랑은 자유와 정의를 발현시키는 자연 그 자체였다. "시는 그 보이지 않는 순수한 정신이 사는 곳에서부터 개인이 소유할 수 있는 완전한 행복이 있는 곳까지 순간이동을 가능하게 하는 좁은 샛길 같은 감성이다. 사랑은 세상에서 제공하는 모순을 뛰어넘고자 하는 길이다. 그러나 이 애정 깊은 작업의 훈련은 피할 수 없는 고통의 일정한 분량을 요구한다. 고통은 우주의 조화를 파괴하려는 힘을 방해하는 무기로서 변환된 에너지이기 때문이다."**

마르티는 생전에 『어린 이스마엘』, 『소박한 시』를 출판했고, 『자유로운 시』에 담긴 작품을 비롯, 많은 시편들을 기획만 한 채 미완성으로 두었다. 『자유로운 시』는 그가 죽고 18년이 지나 출판된 유고시집이다. 하지만 그의 시세계를 일별하는 데는 가장 늦게 나온 『자유로운 시』에 먼저 접근하는 것이 유용할 것 같다. 문학의 유언편지라고 불리는, 곧

---

* 영어의 모더니즘과 사전적 의미는 같지만 여기서는 라틴아메리카의 문학유파를 일컫는 명칭이다. 모데르니스모 운동은 19세기 후반의 시대 양상을 보여주면서 지성과 예술성이 함께 구성한 복잡한 사조를 말한다.

** 호세 마르티, 『호세 마르티 시집』, 마르티아노 연구센터 , 아바나, 2013.

살로 데 께사다 아로스떼기에게 보낸 글[*]에서 "이 시편들은 내 인생의 25년에 걸쳐 썼다."[**]라고 스스로 고백하고 있는 것처럼 『자유로운 시』는 시인의 전 생애를 통하여 쓰였기 때문이다. 또한 『자유로운 시』의 시적 속성들이 당대의 역사와 함께 분석되며, 생전에 이미 발간된 두 권의 시집에 어떻게 영향을 끼치는지 후대에 끊임없이 연구되고 있는 까닭이다.

"까르미타[***]"가 가지고 있는 일군(一群)의 『자유로운 시』의 의미심장하거나 더 신중해야 할 작품은 『어린 이스마엘』, 『소박한 시』와는 다른 어떤 책을 만들 수 있을 것"이라는 마르티의 당부대로 유언집행인인 곤살로는 찾아낼 수 있었던 시편들과 육필로 된 모든 시편들을 확보했다. 곤살로는 마르티가 일찍이 신문이나 잡지에 발표한 「상황의 시편들」, 우정을 가진 사람들에게 바친 「자유로운 시편들」, 「사랑의 시편들」, 「나비 날개의 먼지」, 「유배지의 꽃들」 등을 각각 다양한 책들과 섹션에서 그룹지어 정리했다.[****] 그리고 1913년에 『자유로운 시』를 발간하게 된다.

---

* 독립전쟁을 시작하기 직전, 몬떼크리스띠에서 1895년 4월 1일자로 보낸 편지이다. Gonzalo de Quesada y Arostegui. 그는 호세 마르티의 제자이며 비서였다.
** 호세 마르티, 『호세 마르티 시집』, 마르티아노 연구센터, 2013, p12.
*** 마르티는 친딸처럼 사랑했던 대녀, 뉴욕의 까르미타에게 그의 원고를 맡겨두었다.
**** 발간하지 않은 그의 시편들은 원래가 미완이 많고, 수정한 이본들도 많다. 그 외에도 평생을 유랑했던 마르티는 달리는 열차에서, 항해하는 배 안에서, 마차 위에서 글을 쓸 때가 많았다. 깃펜으로 잉크를 찍어 쓰던 시대였기에, 흔들리며 출렁거리며 쓴 단어들은 후일 찾아냈을 때 번지고 엉기어 해독 불가한 부분들이 많은 것이 아쉽다.

『자유로운 시』 태양에 칼을 꽂는 전사의 영혼

『자유로운 시』는 시인의 전 생애를 통하여 쓰인 작품들이다`. 청소년 시절에 시작된 죄수의 고통과 전 생애를 관통한 이방인 경험들이 시인의 감성과 사유를 통해 내밀한 자서전을 구성하고 있다. 그의 존재가 비통했던 매 순간에 선택했던 건 쿠바를 향한 사랑이었다.

1870년에 쿠바에서 추방당한 마르티는 스페인, 멕시코, 과테말라, 베네수엘라 등 유랑을 거쳐 1881년 뉴욕에 정착한다, 그곳에서 월급쟁이 노동자로 전환되었고, 추방자 신분 때문에 지배사회의 주변부에 놓일 수밖에 없었다. 마르티는 남의 도시에서 생계를 유지하기 위하여 많은 기고와 월급쟁이 노동에 매달려야 했던 가난한 지성인이었던 것이다.

> 고유상인이 되는 데에 방법이 없진 않지만, 돈이 없기 때문에, 지금 고용 노동으로 살고 있는 것을 자네(마누엘 메르카도)에게 말했는지 아닌지 모르겠네. -뉴욕에서 평등한 인간이, 다른 사람에게 고용살이하는 것은 평원의 준마가 구유의 네발동물로 맞바뀐 것이지. 그러나 영혼의 두려움을 아무도 보지 못하도록 은밀히 간수하면서- 매일 집으로 돌아오는 것은 얼마나 다행이었는지.``

* 25여 년에 걸쳐 탐구된 모데르니스모 시학이 담겨 있다.
** 호세 마르티, 마누엘 메르카도에게 쓴 편지, OC, t.20, 66면.

'평원의 준마가 네발동물로 바뀌었다'고 그는 스스로를 표현하고 있다. 물질화되어 가는 도시와 생계수단이라는 환경, 모순된 세기말적 시인들 상황이 각 시편에서 여러 테마를 통해 묘사된다. 그에게 자본으로 들끓는 도시라는 개념은 재앙을 표현하는 데에 긴밀한 연결선이었다. 도시는 단순한 배경이나 무대가 아니라, 당시 코드와 현대 사회를 대표하는 관례 체계의 분열이 잠재하고 있는 중요한 진영이었다. 그가 언급한 영혼의 그 두려움들로부터 『자유로운 시』가 구성되었다. 시적 세계가 형성되는 과정에서 '소외된 노동'은 무엇보다 아메리카인'이라는 존재가 스스로 품어 지켜야 하는 윤리를 전달하는 긴요한 요소였다.

『자유로운 시』는 그의 시학이 가장 잘 드러난 시집이다. 『자유로운 시』 전편에 이르러 미학의 근본원리가 정의되고 있다. 또한 그는 심미주의에 대한 반대와, 표현에 있어 수식의 중요하지 않음을 강조했다. 시적 개념에 있어 모던의 일면을 첫 시작인 「아까데미까」에서부터 언급하기 시작한다.

> 오라, 나의 말이여, 깨끗한 발굽으로 오라
> 새로운 풀과 향기 그득한 꽃을 향해,
> 복대를 꽉 조여라, 태양이 시학을 타오르게 하는

---

* 라틴아메리카. 호세 마르티의 글 속에 사용된 아메리카는 모두 라틴아메리카(히스파노)를 지칭한다.

메마르고 경건한 통나무 위로 돌진하라,

덧칠된 라틴어 교사 재킷으로부터 벗어나자꾸나,

고대의 잎새들로부터, 테두리 장식한 로마의 장미들로부터

광택 잃은 그리스의 보석으로부터 벗어나자꾸나.—*

시작(詩作)의 창조는 말에서 상징으로 나타나 있다. 마르티에게 있어 그것은 헌신이며, 순교와 자신으로부터의 구속이며, 영웅주의의 표현이었다. 그의 시편은 날개와 섬광을 가진 번개처럼 태어났다. 그 속도는 그 다음 작업을 파손하지 않고, 시를 쓴 데서부터, 한 번 태어난 시간으로부터 더 적절한 표현을 찾는 데까지 진지하게 나아간다. 창작자로서, 언어의 수공하는 영혼으로 완성하거나, 지우거나, 다시 쓰면서 말이다. '큰 두려움이나 거대한 희망, 또는 자유의 길들여지지 않는 사랑으로부터, 또는 미를 향한 고통스러운 애정으로부터 태어난', '불똥 튀는 달구어진 쇠 같은', 또는 '너무 많은 내 숨은 죄와, 너무 많은 문학의 반역과 천진난만한 증거'**라고 스스로 평가하고 있는 이 시집은 새로운 실험들이 다양한 각도로 엉켜 있다. 그만큼 난해하다. 작품집 전편에서 정의되고 있는 마르티만의 미학적 근본원리는

---

* 이 책 본문 28면.
** 『소박한 시』를 발간하면서 서문에서 언급하고 있는 『자유로운 시』에 대한 자신의 평이다. 유언집행인에게 '문학의 유언편지'라고 불리는 편지를 통해 찾아낸 모든 시편들에는 판독하기 어려운 단어들 출현하고 있고, 마지막 이본 속에서도 운문과 어휘의 변종이 나타난다.

바그너의 음악처럼 강렬한 느낌을 준다. 정신과의 투쟁, 고통과의 분투가 고스란히 담겨 있는 것이다. 다음은 『자유로운 시』의 서문에 담겨 있는 글이다.

사람마다 자신의 개성을 가지고 있는 것과 마찬가지로 모든 영감은 고유한 언어를 가지고 온다. 나는 까다로운 소리의 울림들을 사랑한다. 잘 조각된 시행, 청자색 같은 떨림, 나는 새의 경쾌함, 용암의 혀같은 정열적이고 압도적인 소리를 사랑한다. 시는 하나의 빛나는 검과 같아야 한다. 그것은 하늘까지 걸어가서 태양에 칼을 꽂고 직선으로 부서진 전사(戰士)의 추억을 관객들에게 맡긴 것이다.

칼날은 내 고유한 본질의, 내 전사들의 것들이었다. 과열된, 기교를 부리는, 뜯어고친, 정신으로부터 나온 것은 하나도 없다. 모두 두 눈에서 나오는 눈물 같은 것, 그리고 들끓는 상처에서 나오는 피와 같은 것이었다.

그것은 이것과 저것을 이어 맞추는 것이 아니라 그 자신을 절개하는 것이었다. 이 시편들은 학문의 잉크에서가 아니라, 내 자신의 피안에서 쓰였다. …… 통증을 느끼는 시의 매무새를 발견했고, 다른 것이 아닌 바로 그 색조를 사용했다. 한 번도 사용되지 않았던 것임을 이미 알고 있다. 까다로운 소리의 울림과 그 솔직함을 사랑했다. 비록 난폭하게 보일 수 있을지라도.

* 호세 마르티, 「나의 시편들」, 『호세 마르티 시집』, 마르티아노 연구센터, 2013, 53-54면. 이 책 본문 20-21면.

당면한 현실과 순도 높은 고뇌는 '오마그노(Hoamgno)'라는 시적 자아를 탄생시켰다. 「멍에와 별」, 「오마그노」, 「담대한 오마그노」 등에서 형상화된 오마그노는 그가 탄생시킬 수밖에 없는, 그가 추구하는 강인하고 영성적인 새로운 인간이었다. 이 오마그노를 통해 감지할 수 있는 것은 쿠바의 자연과 영성, 별의 이상과 소명, 새로운 모험과 순수한 사랑이다. 오마그노는 마르티의 종교로, 그의 정신적 임무와 목적을 보여준다. 마르티에게는 분노와 자괴감, 투쟁과 고결함, 이상과 현실을 가로지르는 새로운 윤리가 필요했고, 감수성과 성실한 이상을 고스란히 반영한 표상, 오마그노는 강철 같은 진실과 의지와 함께 제시한 항상 온화한 도덕적 키였다.

쓴다는 것이 곧 문명화였고, 19세기 작가들은 아메리카를 현대화하려는 꿈과 텅 빈 공간을 채우는 형식을 찾는 것이 간절했다. 그러한 시대 조류 속에서 특히 마르티는 '행나누기(Encabalgaminento)' 형식을 통해 시적인 긴장과 극단적인 에너지, 실존적인 진동, 동시성, 역동성을 확보했다. 까다로운 11음절의 강한 언어들은 시의 운동성을 상승시키며, 낭만주의를 배제하고 야성을 띤 현대성으로 나타났다. 특히 문장의 자연스런 구문 순서를 뒤집거나 엉망으로 만드는 형식인 전치법은 수사학적으로 시의 긴장을 상승시키고 있다. 『자유로운 시』의 경우에도 일단 시편들의 마지막 이본과 운문과 어휘의 변종이 나타난다.

이 시편들이 비정상적인 리듬 안에서 쓰인 것임을 이미 알고 있다. 그렇기 때문에 혹은 진실로 그러고자 했기 때문에 너무 난폭하게 보일 것도 벌써 감지했다. 그러나 어떤 규범을 더 가진다는 것은 예술의 순수한 의지를 깨뜨릴 수 있다. 불모이거나 기이한 전통을 통속적으로 연결하면서 자연적이거나 신성한 형식으로, 영혼은 시편들을 입술에 보낸 것일까? 이상이 육신을 입은 것처럼 말이다. 이 모든 형식 안에서 어떤 시편들은 만들어질 수 있었지만, 또 다른 시편들은 그렇지 않았다. 심경 하나하나마다 새로운 운율이었다.*

자신의 비애와 깊은 열정에서 위로처럼 태어난 그 시편들은, 그의 죽음 이후에야, 삶의 불꽃처럼 『자유로운 시』로 출판되었다. 『자유로운 시』의 많은 구절에서 시인의 역할과 인간의 일상, 이 둘의 대립 작용이 육화된 서정적 주제 사이에서 모순으로 반응하고 있다. 마르티는 언어를 통하여 세계 구원이라는, 새로운 윤리적 질서를 수립하려는 목표를 내세운다. 마르티는 항상 윤리를 문제 삼았다. 윤리는 정신의 수준을 보여주는 세계였고, 마지막 문제는 언제나 윤리였다. 자유주의자의 정신과 망명생활, 가신이 꿈꾸는 이상적인 사회를 향한 열정 말고도, 문장의 미려함과 어휘의 새로움과 강렬한 개성 등은 빅토르 위고와 닮은 점이 많은 것으로 평가되고 있다.

* 호세 마르티, 「내가 내놓은 이것들은 완벽한 구성이 아니니」, 『호세 마르티 시집』, 마르티아노 연구센터, 2013, 55-56면. 이 책 본문 23-24면.

『어린 이스마엘』, 순수를 기반으로 하는 도덕적 가치

　『어린 이스마엘』은 1882년에 발간한 호세 마르티의 첫 시집이다. 이 시집엔 그의 아들 호세 프란시스코 마르티 사야스 바산에게 바친 15편의 시편들이 담겨 있다. 마르티는 『어린 이스마엘』을 자신의 시 세계의 출발점으로 생각했으며, 이 해 이 시집과 관련 있는 메모를 찾아낸 기록이 있는 것으로 볼 때, 그는 1880년에 이 시집을 쓰기 시작했다. 인쇄물의 세부적인 것들, 판형이나 첫머리에 넣은 그림과 글자꼴 디자인 등을 개인적으로 일일이 검토했다. 때문에 시집 속엔 그림을 읽듯 이미지와 색깔이 많이 드러난다.

　책 제목 '이스마엘'은 그의 아들에 관한 소망을 표현하고 있다. "하늘의 모든 것과 짝이며, 대지의 모든 것 이상인, 심지어 하늘 너머에 있는 것보다 사랑하는 나의 사랑! 내 아들은 필연이기 때문에, 우리들이 호세라 부르지 말고 이스마엘로 불러야 이 아들은, 내가 겪었던 고통을 겪지 않으리니." 이처럼 아들을 향한 온화함과 다정함으로부터 기민하고, 작고, 유쾌하고, 소중한 시편들이 만들어졌다. 매력적인 총애로부터, 깨끗한 빛을 가진 보석의 순수로부터, 달콤한 향기로부터 첫 시집이 태어난 것이다.

　『어린 이스마엘』은 1880년대라는 구체적인 현재에서, 전(前) 세대로부터 후세대에게로, 미래의 수신자를 위하여 쓰였다. 거기엔 아버지로서의 다정한 표현뿐만 아니라, 새로운 미학을 세우려는 조바심과 갈증이 끓고 있다. 인간 행동의 선량함에 근거를 둔 윤리도 마찬가지였다.˙ 마르티는 작품 안에서 자발적인 두 가지 목적을 수행하고자 했다. 미학적인 목적도 그에게는 고유한 것이고, 동시에 문학 창조가 사회 해방의 강력한 수단으로 바뀌는 윤리적 목적 또한 절실했다.

아들을 향한 추방자의 그리움은 시라는 몸을 입으면서 일상의 진부함을 정화시키고 있다. 동시에 그것은 인간 본래의 가치와 윤리 안으로 안내한다. 서정적 주제가 된 아들은 명시된 수취인이면서 암시적인 수취인이었다. 다시 말해 이 아들은 이상적인 윤리였고, 삶을 개선시키는 미래 세대의 상징이었다. 이 시적인 의지와 언어들은 아들을 위한 헌사로 축원하고 있는 서문에 고스란히 담겨 있다.

나는 인간성 회복에 대한, 미래의 삶에 대한, 도덕의 효용성에 대한, 그리고 너에 대한 믿음을 가지고 있다.

......

내 눈이 너를 본 대로, 여기에, 있는 그대로 너를 그렸으니. 그러한 고결한 문장들과 함께 너는 나에게 출현했구나. 너를 하나의 시적인 형식으로 보는 것을 멈출 때, 너를 그리는 것을 그만두리라. 이 개울들은 내 심장을 지나갔다.

네게 닿기를.˙˙

---

* 『어린 이스마엘』에 실린 작품 중 「장난꾸러기 뮤즈(Musa traviesa)」는 미학적 열쇠이며, 「사나운 등에(Tabanos fieros)」 도덕적 열쇠가 된다

** 호세 마르티, 「어린 이스마엘의 서문」, 『호세 마르티 시집』, 마르티아노 연구센터, 2013, 17면. 이 책 본문 186면.

자기 고유의 것을 찾아가는 『어린 이스마엘』에서 마르티는 보다 나은 인문적 삶으로 나아갈 것을 믿었다. 이 작은 책을 매장에 내지는 않았다. "왜냐하면 방랑하는 꽃에서 향기가 제거하게 될 것처럼 보였기 때문이다".라고 그는 쓰고 있다. "그것으로부터 이익을 얻기 위해서가 아니라, 사랑하는 사람들에게, 나의 주인인, 내 아들의 이름으로, 그것들을 선물하기 위하여"** 발간한다는 것이다.

루벤 다리오의 『푸름(Azul)』보다 6년이나 빨랐던 이 시집은 그를 모데르니스모 운동의 선각자로 인정받게 했다. 스페인어에서 현대시 분야에 뛰어난 공헌이 실현된 것이다. 세 번째 음절에 악센트가 있는 단어들로 짜인 낭만적인 세계가 이 시집의 특징이다. 그가 사용하는 어휘사전, 즉 그가 사용하는 단어는 독창적이고 새로운 것으로, 전통적인 구절에서는 사용되지 않았던 에스드루홀라(esdr jula)*** 와 함께, 신조어(neologismo), 고전이 담긴 문화적 단어(cultismo), 인기 있는 단어(palabra popular)를 혼합하여 발명되었다. 사용이 중단된 고대 어구를 사용하여 새로 확장하며, 독창성과 부드러움이 가득 찬 작은 형식을 구성한 것이다.

주의 깊게 살펴봐야 할 것은 『어린 이스마엘』의 스타일이 『자유로운 시』로부터 어떻게 자연스럽게 넘어오는지, 어떻게 강조되고 있는가

---

* 호세 마르티, 엔리케 호세 바로나에게 쓴 편지, OC, t.20, 1880.7.28., 299면.

** 호세 마르티, 차케스 A. 다나에게 보낸 편지, OC, t.20, 1882, 295면.

*** 끝에서 세 번째 음절에 악센트가 있는 단어.

이다. 그의 기록노트들을 관찰한 바에 따르면, 저항적이고 기인한 11음절의 실험적이고 반역적인 산문의 궤도 안에서 아들에 대한 주제는 새로운 형식을 입고 태어난다. 그는 드라마틱한 11음절들 사이로 아들의 주제가 뛰어들고 있는 것이다. 이미 「기록노트」 4권*에서, 『자유로운 시』에서 고통의 시학 부분을 형성하는 구절과 함께, 『어린 이스마엘』에 영향을 주게 될 더 작은 운율로 된 짧은 형식, 아니면 결코 시에 규범적이지 않는, 정교한 구성들을 고민하고 있다. 이 마그마적인 언어를 자각하는 형식과 관점에 대한 장치는 『어린 이스마엘』뿐만 아니라, 그의 유명한 산문인 「북미의 현장들」의 기초를 이루고 있다.

이러한 그의 고뇌는 7음절과 11음절을 결합하여 로망세** 형식을 향해 움직였다. 8음절 이하의 운율법을 선택하여 7개와 5개의 음절로만 짧은 로망세를 만들었다. 스페인어 발라드의 예전 양식을 까스떼야노 언어의 전통 일부로 만들고, 고대 양식을 현대화하면서 새로운 스타일로 새롭게 탄생시킨 것이다. 그렇게 낭만적인 배경을 가지고 있지만 그의 시편은 낭만적인 스타일을 등 뒤로 내던진, 모데르니스모적인 시 세계를 갖추었다. 『어린 이스마엘』은 색채가 풍부하고, 색채 환각으로 된 음악성이 넘친다. 현대적인 그의 스타일은 단어로 그림을 그리거나

---

* 그는 「기록노트」를 22권까지 남겼는데, 거기 담긴 파편 같은 짧은 메모들을 그의 사상과 문학의 근원을 보여준다.

** romancillo(romance corto) 8음절 이하의 시로 구성된 로망세. 중세 스페인에서 성행했던 작은 서사시.

음악을 만드는 것과 같다.* 색깔의 형용사는 색조를 만들어주고 희소한 아름다움의 대조를 부여하면서 지속적으로 사용되고 있다.

『자유로운 시』와 『어린 이스마엘』에 나타나는 행나누기는 겹침과 나눔을 통해 언어의 구조와 어휘의 긴장을 새롭게 함으로써 단어의 개념과 감정 가치에 새로운 차원을 더한다. 구문 단위를 변경하여 특별한 리듬 변주곡을 만들려는 시도는 그의 의지를 더 강하게 보여준다. 그런 가운데 선의와 악의 투쟁을 상징하는 강한 특성을 가진 환상적인 은유의 사용과, 사랑을 통한 인간 개선의 필요성은 초현실적인 풍경이나 이국적이고 공상적인 세계를 창조한다.

다른 시집에서와 마찬가지로 『어린 이스마엘』에서도 마르티는 중세 코드를 많이 사용한다. 왕자, 칼, 왕, 기사, 중세 기마전 등을 시적으로 변형시킨다. 페르시아인, 훈족, 아랍인 등 동양의 이국적 느낌을 사용하는데, 이는 환상적인 깊이와 사유를 강조하는 데 기여한다. 이런 방식을 통해 항상 아이와 순수를 기반으로 하고 나쁜 것을 극복하는 도덕적 가치를 긍정하고자 했다. 시 「장난꾸러기 뮤즈」는 새로운 시학에 대한 의지를, 「사나운 등에들」은 윤리적 가치를 지향하는 그의 창조적 반란을 보여주는 대표적 작품들이다. 상징들, 문학적 공간들, 영웅들이, 새로운 문학과 함께 창조되어 가는 것, 마르티에게는 그것이 바로 모데르니스모였다.

---

* 그의 음악성은 특정 모음을 반복적으로 한 시에서 다른 시까지 다양한 조합 안에서 그리고 자음들의 반복인 두운법을 사용하기 때문에 발생한다. 모음의 유음은 두운과 같이 시에게 다양한 소리와 리듬을 준다.

『소박한 시』, 우주적 대조화 안에 자신을 배치하다

두 번째 시집 『소박한 시』는 번호가 매겨진 46편을 하나로 구성한 묶음이다. 이 책에서는 29편만 선정되었다. 그 대부분은 1890년 여름, 뉴욕에 있는 산 캣츠킬에서 쓰여졌다. 캣츠킬은 1889년에서 1890년, 호세 마르티가 '아메리카 국제 콘퍼런스'의 힘든 여정 후 깨어진 건강을 회복하기 위하여 머물렀던 곳이다. 이 시집은 완전하고 대표적인 그의 작품세계로 그의 자전적 요소가 가장 많다.

『소박한 시』는 앞선 시집들과 다른 악센트를 가지고 있다. 자서전 형식으로 구성되었으나 역시 보편성을 향한 노래이다. 시인이 떠먹은 문학의 샘은 복합적이고 다양했다. 삶에 관한 본질적인 순간을 요약한 사건들로, 가지각색의 문제들을 다루고 있음이다. 잘 알려진 「과테말라의 소녀」에서 "한 날개의 그늘에서, 가장 아름다운 이 이야기를 말하고 싶으니"라는 시행으로 표현되었던, 연인이었던 마리아 가르시아 그라나도 경우와 같은, 개인 상황이 절실하게 나타난다. 뉴스나 보도를 통해서 혹은 입으로 전달된 것, 또한 시 XXI 「어제 화랑에서 그녀를 보았네」를 묘사한 것처럼 미술작품을 포함한 것 등 각각의 소재들은 다양한 경험 세계를 관통하고 있다. 그 실존적 장면들은 그에게 감성을 다시 창조하거나 사랑을 자각하는 데 도움을 주었다.

이 시집에서 그의 연들은 양극화된 구조 위에 조직되어 나타난다.

그 구조는 서로 대치된 이미지들로 풍요롭다. 대조법과 대구(對句) 형식은 세계에 대한 자신의 이상을 표현, 강조하는 힘으로 작동한다.

지하동굴의 그늘로 들어가는,
우리들이 보았던 두 마리 새들이

　　　　　　　　　　　　　—「소박한 시 Ⅳ」에서

도가니 속에서 타오르며 반짝이는
부드러운 금은 공허한 사람에게 주라,
내게는 잎새 사이로 태양빛 쏟아지는
그 영원한 숲을 주려무나.

　　　　　　　　　　　　　—「소박한 시 Ⅲ」에서

　위에서 보이듯, 하늘을 날고 있는 새들은 천국의 세계에 배치되었고, 그러나 새들은 '지하동굴의 그늘'로 내려와 들어가는 구절은 인간에게 있음직한 모든 세계로 떠돌아다니는 이미지들로 움직인다. 또 반짝이는 금과 태양빛을 대구로 사용함으로써 시적 인식을 더 강렬하게 전달하고 있다. 연작 Ⅰ번에서부터 이 책의 시학을 요약하고 있다.

　나는 신실한 사람
　종려나무가 자라는 곳에서 왔으니,
　죽기 전에
　내 영혼의 시를 바치고 싶다네.

* 이 책 본문 135면.

모든 곳으로부터 나는 왔고,

모든 곳을 향하여 갈 것이니

예술 사이에 있을 때 나는 예술이고,

산 위에 있을 때 나는 산이라네.

—「소박한 시 I」에서*

이 구절들은 쿠바적인 것으로부터 다시 보편적으로 나아가려는 성실한 시편이다. '종려나무가 자라는 곳'은 쿠바인들의 농촌이다. 다음에 계속된다. "모든 곳으로부터 나는 왔고,/ 모든 곳을 향하여 갈 것이니". 여기에 나타나듯 전체가 부분을 형성하는 우주적인 대조화 안에 마르티는 자신을 배치하고자 했다.

또한 마르티의 8음절 시구는 스페인어 문학에 기여하는 바가 크다. 그 외에도 곤충과 동물들 다루는 소재와 관점이 다양하다. 우나무노는 이 시집을 '민중 조각가의 시'라고 단 한마디로 표현한다. 또 마르티를 지구상의 어떤 인간보다도 순수한 인간이라고 말하는 칠레 시인 가브리엘라 미스트랄은 '언어가 자연스럽고 단순하다. 춤을 추는 것처럼 마치 구술적인 사유와 관련이 있는 것'으로 평가한다.**

* 이 책 본문 127면.
** 가브리엘라 미스트랄(Gabriela Mstral)은 「과테말라의 소녀」를 관능적이며 청각적, 시각적인 시로, 모데르니스모를 실현한 시이며, 라틴아메리카 문학에서 가장 세련되고, 가장 유연한 리듬을 갖춘 시라고 평가하였다. 또한 그녀는 마르티를 '증오를 지워버린 투사'라고 언급한 바 있다.

멕시코 작가 이베르 베르두고는 다음과 같이 말하고 있다.

"마르티의 시어는 완전히 새로운 것이다. 고답파나 상징주의자 또는 모더니스트가 아니라, 본질적으로 시인의 정신적 실체에 다가서는 것이 또한 자신의 가치와 태도에 부합했다. 그의 표현에 있어서의 새로움은 서정적 긴장에서 비롯되는 번뜩임과 활력적이고 인간적인 태도에 대한 언어의 정확성이라는 섬광과도 같은 것이다. 그가 추구하고 창조한 시는 지극히 개인적인, 생동하는 시적 태도로부터 나온 것이다. 사실 자신의 시가 이상과 진실의 토대가 되어주기를 열망하기 때문에라도, 마르티에게 있어서 이러한 시적 태도는 필연적이고 의도적인 것이라 하겠다."*

위에서 나타나듯 진지한 미학 속에서 생동감이 어우러진 시어들은 인간에 대한 무한의 애정과 존엄성이라는 시적 태도를 지향하고 있다. 꾸밈이 없으면서도 더없이 창조적인, 그러면서 영혼을 내포하는 형식은 고유하고 진실하고 필연적인 언어를 찾아가는 행보이기도 하다. 이는 끊임없이 행동과 일치하는 언어를 꿈꾸던 마르티의 염결성에 맞닿은 지점이기도 했다.

그외에도 '에스파냐의 발레리나'로 알려진 「시 X」, '과테말라의 소

* 재인용. 이베르 베루두고(Verdugo Iber H.), 정경원 옮김, 「호세 마르티의 시와 산문에 대한 연구 입문」, 『라틴아메리카 문학사 II』, 태학사, 2001, 645면.

녀'로 알려진 「시IX」, 이브를 언급하고 있는 「시XVII」, 「시XVIII」, 「시XXXVII」, 「시XLII」 등에 보이는 것처럼, 시편의 많은 부분들에서 여성 인물과 관련된 동기들이 기술되고 있다. 이 또한 우연이 아니다. 전통적으로 경시되었던 여성은 마르티가 볼 때 민중문화와 언어 그리고 가치의 송신자였다. 여성들은 자녀교육과 함께 구체화된 미래 구상의 무게로 어깨가 무거운 존재였다. 때문에 자신을 재확인하고, 또한 현실을 직면하고, 그것을 재가공하기 위하여 여성은 스스로의 역사를 아는 것이 절실했다. 이런 여성의식은 대녀인 까르미타에게 끊임없이 보낸 편지 속에도 선명하게 드러난다.

『자유로운 시』는 바그너의 음악처럼 장엄하고 강렬하다. 정신과의 투쟁과 고통과의 치열한 싸움이 그대로 드러난다. 『어린 이스마엘』은 회화적인 상상력이 필요하다. 반면에 『소박한 시』는 라틴 농부의 노래같이 부드럽고 섬세하며, 영혼의 심오한 면을 보게 하는 '섬광의 예술'이다. 이처럼 회화적인 열거와 감각적인 음률에 의해 마르티의 언어는 보다 풍성해지고 있다. 이 예술적 언어에서는 언어의 유음(流音)적 특성과 음악성 그리고 유연성에 기반한 과감한 단어의 선택이 더 중요시되었다.

'진지함의 미학'으로 일컬을 수 있는 마르티의 미학은 이 시집 속에서 생동적이고 초경험적인 느낌, 즉 단순함으로 시작한다. 그리고 그리고 시집 속에서 "나는 단순함을 사랑하고, 꾸밈없고, 진지한 형태 속에 감정을 이입하는 새로움을 믿는다."고 스스로 말했다. 마르티는 인간이 만들어낸 기호, 언어로는 자신의 모든 사고를 표현해낼 수 없음을 각인하고, 아메리카인의 정열적 감정을 표현하기 위하여 더욱 단순한 형태가 추구될 필요를 감지했던 것일까. 언어의 영역이 그렇듯이, 까스테야노 언어의 주형을 깨뜨린 후에야, 그는 자신의 시학을 새롭게 만들기 위하여 민요형식으로 된, 스페인어의 위대한 전통 시학에 다시 돌아올 수 있었다. 현재 『소박한 시』는 쿠바뿐만 아니라 라틴 민중문화의 대표적인 사랑을 받는 시집이다.

시적 스타일과 창조적 진실

1882년 〈레비스타 베네솔라나〉에 쓰인, 모데르니스모 선언문 중 하나인 다음 텍스트에서 그 전제가 설정되었다.

문장은 의류처럼 자신의 사치를 가지고 있다. 모직을 입은 어떤 사람이나, 비단을 입은 어떤 사람이나. …… 날이 갈수록 증대하는 유일한 것은 진실이다. 스타일에 대한 이 진실이 길을 여는 힘이다. 작가는 화가처럼 그림을 그려야 한다. 다른 색상이 아닌 다양한 색상들로 된 어떤 것을 사용하는 데는 이유가 없다. 영역들과 함께 분위기가 바뀌고, 언어의 문제들과 함께 분위기가 바뀐다.*

* 「레비스타 베네솔라나의 특성」, OCEC t.8, 마르티아노 연구센터, 2003, 92면.

위 글에서 우리는 마르티 시학이 구성되는 스타일의 문제를 읽을 수 있다. 스타일이 진실을 여는 힘이라는 부분은 마르티가 얼마나 시적인 힘을 획득하는데 언어와 형식에 대한 고뇌가 컸는지를 말해준다. 스타일 속에서 창조적 진실이 열린다는 말이다. 또한 호세 마르티의 시적 관점은 다른 모더니스트들과 공통 조건인, 문학과 상징, 그리고 우주론을 관통하여 이르고자 하는, 보편적인 유사성에 기반한다. 그에게 인간이 되도록 요구하는 법칙들은 물질세계를 지배하는 법칙들과 함께 본질적이고 동등하게 지켜야 하는 것들이었다. 생존에 가까운 강연과 글쓰기에 바빴지만, 마르티는 규율과 강압에 대한 단호함과 현대화하는 기획, 그 결과로 생겨난 상황에 대응하는 자신을 발견하고자 했다. 동시에 그 속에 전통적 윤리를 침해하는 현대적 삶과 도시의 속물화에 대한 비판을 강하게 담아내었다.

마르티에게 인간의 현실은 도시가 만들어낸 일상적인 것들 안에서 살아남기 위해 사회적 규범을 획득하려는 의지여야 했다. 근원적인 윤리를 끌어올리는 어떤 힘, 다시 말해 현대성의 상징에서 전통적인 가치가 역전되는 현장인 도시에서 인간성을 지켜내고 상승시키는 가치여야 했다. 그는 현대성 안에서 양자택일의 탐구에 집중하는데, 그건 유토피아에 사회적 실천을 끌어오려는 의지였고 동시에 학문이나, 예술, 그리고 교육으로부터 비롯된 신념이 사람과 삶을 변혁시킬 수 있으리라는 믿음이고 시도였다.

시 자체의 환희와 함께 결코 중력을 포기하지 않는 광채는, 『자유

로운 시』에서 시인의 의지를 발현시키고, 『어린 이스마엘』에서 순수
가 직면해야 하는 삶 자체의 극적인 사건과 분리로부터 생긴 고뇌에
찬 애가를 탄생시켰다. 그리고 1891년에 간행된 『소박한 시』는 단순
한 형식을 통해 그의 모든 시편이 증류되는 성숙한 원천을 구성했다.
그리고 이것은 마르티의 기록노트들에서 명확하게 판별되는 현상들
이다. 「기록노트」 4권 등에서 우리는 마르티 시학을 구성하는 시적
스타일이 어떻게 결합하는지 그 열쇠를 발견할 수 있다.

19세기 말 제국주의와 투쟁하면서, 동시에 미국의 신제국주의에
맞서면서 쿠바와 라틴아메리카의 정체성 회복과 함께 정의와 평등이
라는 인류애를 꿰뚫는 그의 응시는 결국 그의 언어 속에서 더 선명하
고 고결한 의지로 작동하고 있는 것이다.

작가 연보

1853년	1월 28일 쿠바 아바나에서 스페인 이민자의 가정에 태어나다.(파울라 41번가, 현재 레오노르 페레즈 314번지)
	2월 12일 산토 앙헬 쿠스토디오 교회에서 세례받다.
1857년	3월 3일 아버지 마리아노가 감독직에 사표를 내다. 이 해의 중반쯤, 가족이 스페인 발렌시아로 여행하다.
1859년	6월 아바나로 돌아와서 작은 동네학교에 다니기 시작하다.
1860년	이 해의 마지막 몇 달간 산 아나클레토 학교를 다니다. 거기서 평생 마음의 친구인 페르민 발데스 도밍게스 형제를 만나다.
1862년	4월 13일 마탄사스 콜롱의 관할권에 있는 농촌 마을감독에 임명된 아버지와 동행, 아나바나에 12월까지 머무르다. 짧은 체류였지만 자연과 자유를 이해하는 중요한 시절이 된다.
1865년	3월 스승 라파엘 마리아 멘디베가 지도하던 시립소년상급초등학교에 입학하다. 멘디베는 민족정신을 일깨우는 정신적인 아버지가 된다.
1866년	9월 17일 아바나 중등교육 입학시험에 합격하다. 멘디베는 수료할 때까지 모든 학비 부담을 약속하고, 아버지로부터 학업 허락을 받아내다.
1868년	4월 26일 〈엘 앨범〉 신문에 「미카엘라에게」를 발표, 아들 미겔 앙헬을 잃은 멘디베의 부인에게 헌정하다.
	10월 10일 카를로스 마누엘 데 세스페데스가 동부에서 쿠바 독립을 향한 최초의 무장투쟁 '십년전쟁'을 일으키다.
1869년	1월 19일 유일하게 한 호로 나온, 페르민 발데스가 발행한 신문에 첫 정치적 원고 「절름발이 악마」를 발표하다.
	1월 23일 스스로 주관하고 발행한 신문 〈자유 조국〉에 희곡시 「압달라(Abdala)」를 발표하다. 한 호에 그쳤다.

2월 6일 다른 지역에서도 무장봉기가 일어남. 그 무렵 육필신문라고 불린 〈엘 시보네이〉에 소네트 「10월 10일!」을 써서 발표하다.

10월 4일 페르멘의 집에서 마르티 서명이 있는 편지가 발견되는데, 스페인군 사관후보생이 된 친구를 비방하는 내용이었다. 이로 인해 구금된다.

1870년   3월 4일 군법회의 재판에서 6년 노역형을 선고받다.

4월 4일 아바나 감옥으로 이송, 백인 첫 번째 조에 배속되고, 113번으로 지정된다. 오른쪽 다리에 고정된 족쇄와 허리에 채운 쇠사슬이 하나로 묶인 채 산 나사로 채석장 노동에 배정되다.

10월 13일 부모가 다방면으로 펼친 구명운동 덕분에 죄를 감형받고, 이슬라 데 피 노(누에바 헤로나)로 추방되다.

1871년   1월 15일 증기선 기푸스코아호에 타고 첫 번째 추방으로 스페인으로 떠나다.

2월 1일 카디스에 도착. 며칠 후 마드리드로 향하다.

3월 24일 카디스에서 나오는 일간지 〈소베라니아 나쇼날〉에 산문 「엘 카스티요」를 발표하다. 이 원고는 4월에 세비야의 신문 〈쿠에스티온 쿠바나〉에, 7월에 뉴욕에서 발행하는 독립주의자 신문 〈레푸블리카〉에 재수록된다.

5월 31일 마드리드 중앙대학의 법학부에 대안교육 학생으로 등록을 신청하다. 역시 마드리드 아테네오에도 가입하다.

7-8월(?) 카를로스 사바우예의 원조로 소책자 형태인 『쿠바의 정치범 감옥』을 발표하다.

11월 27일 아바나에서 아바나대학 의대생 8명이, 불경하다는 죄목으로, 재판도 없이 총살당하는 사건이 발생하다.

1872년   6월 아바나 의대생 사건에 대해 저항하다가 스페인으로 추방된,

친구 페르민 발데스를 맞이하다.

11월 27일 시 「1871년 11월 27일」을 써서 인쇄물로 마드리드에 유통시키다.

1873년	2월 15일 첫 공화국을 선언한 스페인을 향해 「쿠바 혁명 앞의 스페인 공화국」을 발표하다. 이 글은 4월에 세비야에서 나오는 신문 〈쿠에스티온 쿠바나〉에 다시 실리다.

4월 26일 〈쿠에스티온 쿠바나〉에 논설 「해법」을 발표하다.

5월 26일 〈쿠에스티온 쿠바나〉에 논설 「개혁」을 발표하다.

5월(?) 마드리드 중앙대학에, 사라고사의 문과대학으로 이전 인가를 신청하고, 페르민과 결속, 사라고사로 향하다.

1874년	1월 3일 파비아 장군이 주를 공격하면서 스페인 국회를 해산시키다. 공화국 수호를 위한 봉기가 일어나지만 제압당한다.

2월 그의 희곡 「간음한 여인(Adúltera)」의 첫 번째 버전 쓰기를 끝내다.

6월 25-27일 사라고사에서 미술 부문 전문 과정 두 개의 심사에 합격하지만, 수수료를 지불하지 못해 졸업장을 가져오지 못한다.

6월 30일 대학에서 민법과 교회법규 허가 학위시험을 위해 논문을 제출하다.

10월 24일 마지막 심사를 통과하고, 철학과 문학 학사 학위를 취득하다.

12월(?) 가족이 미리 가 있던 멕시코로 가기로 결정하고 페르민과 동행, 파리로 여행하다. 거기서 빅토르 위고를 만난 것으로 추정.

12월 26일 페르민 발데스와 헤어지다. 올프호를 타고 프랑스의 하버를 가로 질러 영국 사우샘프턴으로 갔다가 리버풀로 이동.

1875년	1월 2일 대서양 횡단 정기여객선 셀틱호 3등칸을 타고 멕시코를

270

향하다.

2월 10일 한 달 이상의 여행 끝에 멕시코시티 부에나비스타역에서 가족을 상봉하다. 아버지와 동행한 마누엘 메르카도를 만나다.

3월 2일 신문 〈레비스타 유니버샬〉에 멕시코에서의 첫 칼럼을 발표하다.

3월 12일 빅토르 위고의 소설 「Mes Fils」의 스페인어 번역이 제본할 수 있는 연재소설 형식으로 〈레비스타〉에 발표를 시작하다.

3월 22일 뛰어난 지성들의 그룹 〈Liceo Hidalgo〉에 가입하다.

5월 7일 〈레비스타 유니버샬〉에 오레스테스라는 익명으로, 〈Boletin〉이라는 논설 성격인 난에 연재를 시작하다.

12월 19일 희곡작품 〈사랑은 사랑으로 지불하라〉를 프린시팔 극장에서 초연하다. 공연에 이르게 되는 유일한 희곡이다.

12월 21일 작가와 예술가들로 구성된 〈고로스티사 협회〉의 새로운 회원이 되다. 그 무렵 아내가 될 카르멘 사야스 바산을 만나다.

1876년　2월 20일 개혁주의자 조직인 〈멕시코 노동자 대집단〉*의 기관지인 〈페델리스타〉에 기고를 시작하다.

3월 희곡작품집 『사랑은 사랑으로 지불하라』가 출판되다.

12월 7일 〈페델리스타〉에 그의 논설 「Alea Jacta est」**을 발표하다. 거기에서 떼하다 대통령을 끌어내린 뽀르피리오 디아스 장군이 권력 사용 수단에 대해 비난했다. 며칠 뒤 〈페델리스타〉에 새로운 정부를 비판하는 텍스트 「상황」이 실린다.

* 'Gran Circulo Obrero de Mexico'
** '주사위를 던지다'를 의미하는 라틴어 문구.
다시 바꿀 수 없는 일이 일어났을 때 사용한다.

12월 16일 논설 「이방인」을 발표하다. 이 글에 한 장군의 의해 지배되는, 멕시코에서 계속 살 수 없는 이유가 노출된다. 과테말라로 갈 계획을 세우다.

12월 29일 멕시코를 떠나, 가족의 거처를 마련하기 위해 은밀히 쿠바로 향한다.

1877년   1월 2일 쿠바가 목적지인 증기선 에브로호를 타다. 두 번째 이름과 성인 홀리안 페레즈의 이름으로 개인적 서류를 발급받다.

1월 6일 아바나에 도착, 페르민을 만나고, 아버지 일자리를 마련하고, 과테말라에서 활동할 수 있는 추천편지를 받는다. 다시 멕시코로 돌아가다.

3월 4일 아바나행 증기선 에브로호에 오른 그의 가족들과 이별하고 다음날 카누를 타고 중앙아메리카로 여행을 시작하다.

4월 2일 한 달 가까이 걸려 과테말라의 수도에 도착. 이후 쿠바인 호세 마리아 이사기레가 교장으로 있는, 노르말 학교 교사가 된다.

4월 22일 외무성에게 쓴 편지인 「새로운 코드들」을 〈프로그레소〉 신문에 발표하다.

5월 29일 과테말라 대학의 철학과 문학부에서 철학의 역사, 독일문학, 이탈리아문학, 영문학, 프랑스문학 등을 강의하다.

5월-6월 걸출한 지성들이 그룹화된 미래문학협회의 회원으로 가입하다.

11월 3일 그의 웅변적 특성을 우스꽝스럽게 빗대어 "급류 박사"로 부르는 음해 세력들이 나타나다.

12월 20일 멕시코의 수도, 사그라리오 메트로폴리타노 교구에서 카르멘 사야스와 결혼하다.

1878년   1월 9일 아내와 함께 과테말라로 돌아오다. 노르말 학교에서 다시 수업하다.

2월 10일 쿠바는 1차 독립전쟁이 끝나고 스페인과 산혼조약을 맺다.

3월 10일 시 「과테말라 소녀」에 나타나는, 연인 마리아 가르시아 그라나도가 죽다.

4월 6일 이사기레의 해임에 대해 항의한 것 때문에 추천된 노르말 학교의 교수직에서도 사임하다.

4월 20일 과테말라를 떠나려는 의지를 표현. 6월에 쿠바로 돌아가기로 결정하다.

8월 31일 아내와 함께 아바나에 도착하다.

10월(?) 새로운 반식민 전쟁을 구성하려는 뉴욕의 쿠바혁명 위원회에 응답, 다른 쿠바인들과 혁명 모의에 다시 들어서다.

11월 22일 유일한 아들, 호세 프란시스코 마르티 이 사야스 바산이 태어나다.(이스마엘로 칭하다.)

1877-1878 이 기간 중에 『자유로운 시』 시편들을 쓰기 시작하다.

1879년 1월 17일 친구 니콜라스 아스카라떼 변호사의 사무실에서 조수로 일하다. (거기서 혁명동지 후안 갈베르또 고메스*를 알게 되다.)

3월 미겔 F. 비온디**의 변호사 사무실에서 일하다.

8월 24일 작은 전쟁(Guerra Chiquita)이라고 알려진, 벨리코(belico)*** 저항운동이 시작되다.

* 중요한 친구이며 동지로,.
쿠바 독립을 위해 함께 모의활동을 함.
** 나중에 마르티의 모든 서류를 많이 도와주게 된다.
*** 그다지 오래 계속되지 못함.

9월 17일 갑자기 그의 집에서 체포되다. 총독은 보고도 재판도 없이 세우따(북아프리카에 있는 스페인령 항구)로 국외추방을 준비하다.

9월 25일 두 번째 추방, 증기선 알폰소 Ⅶ호를 타고 떠나다.

10월 11-13일 산탄데에 도착, 감옥에서 세우따로 이송준비되었지만, 여행에서 만난 라레도 의원인 세티엔이 보석금을 내고 보증하면서 감옥에서 나오다. (아프리카 추방은 나중에 취소된다.)

11월 19일 크리스티노 마르토스 의원과 인터뷰를 하다. 권위 있는 스페인 정치가 앞에서 쿠바 청년은 쿠바 실상을 명확히 했고, 마르토스는 감명받게 된다.

12월 20일 프랑스의 대서양 횡단 정기 우편선을 타고 미국을 향해 출발하다.

1880년   1월 3일 뉴욕에 도착하다. 얼마 후 마누엘 만띠야(카르멘 미야레스 데 만띠야)의 하숙집에 정착하다.

1월 24일 스텍홀에서 이민자들 앞에 첫 연설을 하다. 이 「쿠바의 현실상황과 스페인 정치의 현재와 가능한 태도」로 유명해지다.

2월 21일 〈The Hour〉에 첫 영문원고 「라이문드 마드라소」를 기고하다.

7월 8일 〈The Sun〉에 첫 원고 「플로베르의 마지막 작품」을 발표하다.

8월 1일 갈릭스토 가르시아 장군이 이끌던 '작은 전쟁'이 실패하다.

10월 21일 뉴욕에 왔던 아내와 아들이 쿠바로 돌아가면서 첫 번째 균열이 생기다. 베네수엘라로 가기로 결정하다.

1881년   1월 21일 베네수엘라에 도착. 제일 먼저 해방자 볼리바르의 동상을 찾아가다.

3월 21일 무역클럽에서 열린 예술가들의 야간파티에서 연설하다.

여기서 대웅변가로, 시인으로 인정을 받게 된다.

6월 28일 카라카스 신문 〈오피니언 나쇼날〉에 「칼데론의 100주년」을 발표하다.

7월 1일 자신의 문체로 전부를 채운 잡지, 〈레비스타 베네솔라나〉 첫 호를 발간하다.

7월 21일 〈레비스타 베네솔라나〉 2호에 저항적 지식인 세실리아 아코스타의 죽음에 헌정하는 텍스트를 발표, 독재자 블랑코 장군의 분노를 사다.

7월 27일 나라를 떠날 것을 명령받다. 모든 것을 중지하고 다음날 새벽 미국으로 출발하다.

8월 20일 카라카스의 〈오피니언 나쇼날〉에 'M. de Z.'이라는 익명으로 칼럼 연재를 시작하다.

1882년   3월-4월 아들에게 헌정한 첫 시집 『이스마엘리요』를 발간하다.

7월 15일 부에노스아이레스의 주요일간지 〈나시온〉에 연재를 시작하다.

1883년   3월(?) 뉴욕 발행의 농업, 공업, 상업 잡지 〈아메리카〉에 원고를 발표하다.

1884년   10월 18일 새로운 독립운동을 조직하고자 만난 〈고메스-마세오 플랜 회담〉을 가지다. 방법론에서 불일치하여 결렬되다.

1885년   3월 15일 신문 〈라티노아메리카〉에 연재소설 『불길한 우정』 발표를 시작하다.

10월 10일 모든 연설을 거절하다. 이 년 정도 외부와 단절, 고립된 삶을 견디며 원고에 몰두한다.

1886년   5월 15일 멕시코의 신문 〈자유당〉에 원고를 발표하다.

1887년   4월 16일 뉴욕에서 우루과이 공화국의 총영사로 임명되다.

10월 10일 이 날의 기념식이 열린 마소닉 템플에서 다시 연설을 시작하다. 이민자들의 정치적 삶을 재통합하기 위해 나서다.

1889년 3월 25일 쿠바민족을 모략하는 글에 응답하는 「쿠바의 옹호」를 〈이브닝 포스트〉에 발표하다.

7월 히스파노아메리카 아이들을 위한 월간 잡지 〈황금시대〉 첫 호를 발간하다. 4호까지만 간행됨.

9월 28일 '아메리카 국제콘퍼런스'의 예비 교섭의 상황에 관하여 첫 칼럼을 쓰다.

12월 19일 히스파노아메리카 문학 협회에서 국제콘퍼런스에 소집된 대표자들을 상대로 「어머니 아메리카」라는 연설을 하다.

1890년 1월 22일 〈라 리가 교육보호협회〉를 함께 창설하고 연설하다

7월 24일 마르티가 뉴욕에서 아르헨티나 공화국 영사로 임명되다.

7월 30일 파라과이 영사로 임명되다.

8월 캣츠킬 산속으로 들어가 정양하다. 거기서 '소박한 시' 시편들을 쓰면서 트와일라잇 클럽 회원들과 가까워지다.

12월 6일 뉴욕 히스파노아메리카문학협회의 회장에 당선되다.

12월 23일 '아메리카 국제통화콘퍼런스'에 동우루과이공화국의 대표로 임명되다.

1891년 1월 1일 뉴욕의 〈레비스타 일루스트라다〉에 골수 에세이인 「우리 아메리카」가 빛을 보다.

5월 20일 10년 가까이 연재해오던 〈나시온〉에 마지막 원고를 발표하다.

8월 27일 뉴욕을 오고가던 아내는 그를 포기하다. 최종적으로 결별하다.

8월 두 번째 시집 『소박한 시』를 출판하다.

10월 11일 아르헨티나 영사 직무를 포기하고, 뒤에 우루과이, 파라과이도 그만두다. 얼마 후엔 히스파노아메리카 문학협회 회장직도 사임하다.

11월 16일 탐빠의 이그나시오 아그라몬테 클럽 회장 네스토르 L.의 초대를 받다.

11월 26일 사흘 전 탐빠에 도착, 이민자 애국클럽의 대표들과 함께 모임을 가지다. 밤에 「모두와 함께, 모두의 행복을 위하여」를 연설하다.

11월 27일 아이보르시티에서 '쿠바 애국자 연맹'의 회원을 수락하다. 쿠바문학회에서 「새로운 소나무들」을 연설하다.

12월 25일 그를 초청한 까요우에소에 도착, 병나다.

1892년 1월 3일 까요우에소 이민사회의 중요한 지도자들과 지속적으로 회합을 가지면서 쿠바혁명당의 토대와 비밀 규약을 빈틈없이 명료하게 만들어가다.

1월 8-9일 탐파에서 문서를 토론하고 역시 동의를 구하다.

3월 14일 쿠바혁명당의 공식적인 대변 신문으로 〈Patria〉를 발간하다.

4월 8일 까요우에소와 탐빠, 뉴욕 클럽들에 의해 '쿠바혁명당'(PRC)이 창설되다. 대표자로 호세 마르티가, 재무관으로 벤자민 게라가 당선되다.

7월 미국과 중앙아메리카, 안틸라스 제도 그리고 멕시코에 있는 쿠바 이민자들의 다양한 클럽들로 체계적인 행정을 시작하다.

8월 31일 안틸라드 제도로 여행을 시작.

9월 10일 도미니카공화국의 몬테크리스티에 도착하다.

9월 11일 핑카 라 레포르마에 있는 막시모 고메스 총사령관을 만나다. 며칠 후 고메스는 해방군 군대의 지휘권을 수락하다.

9월 15일 계속해서 아이티, 자메이카로 여행하다.

1893년 1월 민족의식 고취와 독립전쟁 기금을 위해 각 지역을 향한 지속적인 그의 여행은 희생을 중독으로 만들 정도였다.

5월 25일 안틸라스 제도로 새로운 여행을 시작하다.

5월 27일 「쿠바로 향하는 쿠바혁명당」 선언을 ⟨Patria⟩에 발표하다.

1894년 1월 27일 ⟨Patria⟩에 스페인과 미국이 이해관계로 야합하는 것을 밝히는 원고 「아, 쿠바!」를 발표하다.

5월 12일 기금 마련과 전쟁준비를 위하여 코스타리카, 푸에르토 리몽, 파나마, 자메이카로 여행하다.

12월 8일 아바나의 후안 괄베르토 고메스에게 봉기 계획을 작성해서 보내다.

1895년 1월 12-15일 페르만디나 계획이 실패함.

1월 29일 마르티는 마이야 로드리게스와 엔리께 코야소와 함께 쿠바에서 전쟁의 시작을 알리기 위한 봉기의 순서를 작성하다.

1월 30일 마르티, 마이야 로드리게스, 엔리께 코야소 그리고 마누엘 만띠야가 뉴욕을 출발함.

2월 24일 밤시간에 고메스의 핑카에 도착하다. 이날 쿠바에서 애국지사들의 열기 속에서 봉기의 함성이 일어나다. 최후의 독립전쟁이 시작됨.

3월 25일 마르티와 고메스가 전쟁 명분을 담은 ⟨몬테크리스티 선언⟩에 서명하다.

4월 1일 마르티 원정대는 몬테크리스티에서 자정에 쿠바를 향해 출발했다

4월 11일 깊은 밤 해안 3마일쯤에 배를 내려 집중호우 한가운데에서 동쪽 지방의 남쪽인 플라이타 해안에 도착. 거기서부터 황량한 바라코아 지구를 걸어서 행진하기 시작하다.

5월 19일 도스리오스에 주둔하면서 일어난 전투에서 스페인군의 총탄에 전사하다. 그의 주검은 스페인군이 탈취했고, 시신을 찾고자 해방군은 끝까지 추적했으나 불가능했다.

5월 27일 스페인군은 산티아고 데 쿠바에 도착한 다음에야 산타 이피헤니아 묘지의 남쪽 회장 134번 묘에 안장했다.(1907년 2월 24일, 유해는 발굴되어 옮겨졌다가 1947년 9월 18일, 다시 발굴되어, 다음날 영웅들의 제단 벽 가까이에 묻혔다. 거기서 오늘날의 영묘가 건축되는 동안 체류했다. 마침내 1951년 6월 30일부터 영묘에서 쉬고 있다.)

호세 마르티 Jose Marti

호세 마르티(1853~1895)는 쿠바의 독립영웅이며 투쟁적 삶을 통해 '궁극적 평등'이라는 이상을 고결함의 극치로 이루어낸 시인이다. 19세기 라틴아메리카의 대표적인 지성인 그는 모데르니스모 문학의 주역이기도 했다. 그의 핵심 키워드는 '사랑'과 '창조'이다. 모든 쿠바인은 마르티를 국부로 추앙하며, 그의 양심과 사상은 바로 쿠바 혁명의 진수가 되었다. 그의 삶 전체가 제국주의에 맞선 혁명을 관통했고, 그의 문학은 19세기 후반의 정치와 경제를 날카롭게 통찰하면서 현대성의 거의 모든 주제를 다루고 있다. 그의 문학은 언어를 새롭게 재창조할 뿐 아니라 현실적이면서 동시에 미래적인 세계문학, 특히 라틴 문학을 끌어내는 동인이 되었다. 라틴아메리카의 특성을 살린, 해방된 정치를 추구하면서도 농업을 통한 공동체와 교육에 마음을 쏟았다. 후세들은 그가 비판적 사유로 실천한 선구적인 삶을 '사도'로 명명했고, 그의 모든 작품과 기록은 2005년 유네스코 세계기록유산으로 등재되었다.

옮긴이

김수우 Kim Soo Woo

부산 영도가 고향이다. 1995년 〈시와시학〉으로 등단, 활동을 시작했다.
늦깎이로 경희대학교 대학원 국문과를 졸업했다. 서부아프리카의 사하
라, 스페인 카나리아섬에서 십여 년 머물렀고, 대전에서 십 년 가까이 지
내면서 백년지기들을 사귀었다. 이십여 년 만에 귀향, 부산 원도심에 글
쓰기공동체 〈백년어서원〉을 열고 너그러운 사람들과 풍당풍당, 공존하
는 능력을 공부 중이다. 쿠바를 세 번 다녀오면서 19세기의 시인 호세
마르티를 사랑하게 되었다. 시집 『길의길』, 『당신의 옹이에 옷을 건다』,
『붉은 사하라』, 『젯밥과 화분』, 『몰락경전』 사진에세이집 『하늘이 보이
는 쪽창』, 『지붕 밑 푸른 바다』, 『당신은 나의 기적입니다』 산문집 『씨앗
을 지키는 새』, 『백년어』, 『유쾌한 달팽이』, 『참죽나무서랍』, 『쿠바, 춤추
는 악어』, 『스미다』, 『나를 지키는 편지』가 있다. 한국작가회의 회원으로
활동 중.

글누림비서구문학전집 13

호세 마르티 시선집 (원제 : Versos José Martí)

초판 1쇄 인쇄 2019년 8월 29일
초판 1쇄 발행 2019년 9월 10일

지은이 호세 마르티
옮긴이 김수우
펴낸이 최종숙
펴낸곳 글누림출판사

책임편집 문선희
편　집 이태곤 권분옥 홍혜정 박윤정 백초혜
디자인 안혜진 최선주
마케팅 박태훈 안현진

주　소 서울시 서초구 동광로46길 6-6(반포4동 577-25) 문창빌딩 2층(06589)
전　화 02-3409-2055(대표), 2058(영업), 2060(편집)
팩　스 02-3409-2059
전자우편 nurim3888@hanmail.net
홈페이지 www.geulnurim.co.kr
블로그 blog.naver.com/geulnurim
북트레블러 post.naver.com/geulnurim
등록번호 제303-2005-000038호(2005.10.5.)

정가는 뒤표지에 있습니다.
ISBN 978-89-6327-582-6 04870
　　　　978-89-6327-098-2(세트)

* 이 도서의 국립중앙도서관 출판예정도서목록(CIP)은 서지정보유통지원시스템 홈페이지(http://seoji.nl.go.kr)와
국가자료종합목록 구축시스템(http://kolis-net.nl.go.kr)에서 이용하실 수 있습니다. (CIP제어번호 : CIP2019032278)